網 路 小
Novel@N
003
只在上線時愛你
因為在網路上遇見你，讓我晦澀、悲傷的生命，再次閃耀出溫暖的火光……
Yuniko 著
現實太過殘酷，於是我決定，在這虛擬的世界裡尋找幸
我是網路上的灰姑娘，只敢在上線時與王子相戀。
因為，離開了網路，我就失去了當公主的條件……

相信網戀嗎？

有些人信，也有些人不信，因為在虛擬的空間裡，一切都是虛幻的。

你相信嗎？也許，真實的故事就在你的身邊悄悄地進行著，就像是……只在上線時愛你，一個真實的網戀故事。

01

「你相信網戀嗎？」

這個訊息出現在我ＢＢＳ視窗的最上方，由一個不認識的ＩＤ傳來，一個幾乎很難讓人留下印象的ＩＤ——CHIE。

「爲什麼這麼問？」

「因爲我問過很多人，他們都說不相信呀！」

「喔？那這樣的話，我相信。」

這是事實，因爲我不喜歡跟其他人一樣。說我龜毛也好，奇怪也罷，反正我就是不喜歡跟別人一樣。

「好沒誠意喔！我是很認眞地在問你耶！」

「我也是很認眞地在回答呀！」

這也是事實，我做任何事都很認眞，認眞讀書、認眞打工、認眞吃飯、認眞走路，甚至連睡覺我都是很認眞地去睡。

「你住哪裡？」

又來了，又是一個準備身家調查的人，每次上線遇到陌生人，總是會問這種千篇一律的問題，似乎怎麼問都問不煩似的，問的人不煩，答的人可煩了。不過嚴格說起來，我在網路上也沒認識什麼人，因爲我討厭聊天。

「我可以不回答嗎？」

這是眞的，不然給了對方答案後，對方就會繼續問下去，如此永無止境的惡性循環，直到對方只差沒把你祖宗十八代都挖出來爲止。

「呵，你很酷唷，答案都跟別人不一樣！」

我說過了，我討厭跟別人一樣，不過我還沒說給那個叫做 CHIE——從語氣判斷起來應該是個女孩子——的人聽。但網路上眞眞假假，天知道那個 CHIE 會不會是一個男扮女裝上線唬人以尋求樂趣的變態，或是平時言行舉止都很娘娘腔，只差沒去做變性手術的死人妖。

「還好吧，我只是不多話，而且不喜歡跟別人一樣罷了！」

「那我先說好了！我住新竹，十七歲！你呢？」

新竹？這可眞巧，遇到同鄉了，可惜現在我人在中壢，而且對未成年的小孩子沒太大興趣，更何況我連這個 CHIE 是男是女都搞不清楚。

「我說過我不想回答了。」

「哪有這樣的！人家都告訴你了你卻不說！賴皮！」

眞是秀才遇到兵，有理講不清，我又沒用刀子抵著妳的脖子威脅妳說，而且我也已經清楚地表示我不想回答了呀！換個角度來看，賴皮的是妳吧！這樣根本就是做賊的喊捉賊，還兼強迫中獎嘛！

「我沒強迫妳要跟我說吧！」

「我不管！我不管！我不管！嗚！你欺負我！」

這這這……誰欺負誰呀？我的天啊！今天是不是不宜上網呀？怎麼會遇到一個不講理的人？爲了查清楚這個 CHIE 到底是誰，於是我回到了交談選單畫面，在查詢的地方打上了 CHIE……

02

CHIE（跟你談一場虛擬戀愛）共上站一二六次，發表過五七六篇文章
上次在 [Thu May 13 18:35:37 1999] 從 [163.31.243.56] 到本站一遊。

信箱：〔〕，經驗值：〔七二二〕（中級站友）表現值：〔八八〕（優等生）
生命力：〔二一九〕。
目前在站上，狀態如下：
環顧四方

在這虛擬的世界裡，我用文字與符號談戀愛，
將名字化成了ＩＤ，與網路上的你談情說愛，
我是網上的灰姑娘，只有在上線時敢見王子，
只因離開網路之後，就失去了當公主的條件，
失去了任何去愛你，或讓你繼續愛我的條件，
我將會是你的公主，但你會是愛我的王子嗎？

看完CHIE的說明檔，才回到選單沒多久，她又傳訊過來了。不看她的說明檔還好，一看，就讓我想到她傳來的第一個訊息，她……該不會要找我談網戀吧？

「嘿嘿！你剛剛在偷查我唷！被我抓到了吧！」

「說偷查太難聽了吧，我可是光明正大地查耶！」

我在這個站註冊了三個ＩＤ，眞的要偷查，隨便用另外兩個查就好了，沒事用本尊查做什麼。不過，這個「網路上的灰姑娘」可眞是聒噪呀！

「狡辯！你剛剛明明就是在偷看我的名片檔。」

「那又如何？妳的說明檔不給人看的喔？」

「沒有呀，啊！你又把話題扯遠了，你還沒說你的基本資料啦！」

「我從頭到尾都沒說過我會告訴妳吧！」

「嗚！」

又來了，又要一哭二鬧三上吊了，一拗不過人就開始哭，從剛才到現在，以她的種種舉動跟傳訊時的語氣看來，這個灰姑娘要不是智力只有幼稚園程度，就是調皮兼愛哭外加裝可愛。

「妳怎麼會傳訊給我？」

還是把話題帶開吧，我可不希望她把原本就沒什麼耐心的我給惹毛了，要是她再這麼胡鬧，把我僅存的一點「愛心」也都磨光的話，等下我翻臉罵人可就尷尬了，我上ＢＢＳ是來看文章，不是來結怨或是吵架的。

「因爲你的名片檔很有趣呀！」這句話後面還打上了笑臉。

這個女孩子眞是厲害，剛剛才打哭臉給我看，現在又笑了，不過……我不記得我有寫說明檔呀，查詢我的話，應該只會看到一大片空白而已吧！

「我沒有說明檔呀！」

「啊？不會吧？」

我在網上騙一個小女生做什麼？有就有，沒有就沒有，我一向很討厭騙人，更何況有沒有說明檔也可以騙喔？

「我自己有沒有說明檔，我自己很清楚。」

「等我一下喔，我去看一下！」

眞是的，灰姑娘果然是迷糊的，童話故事中的灰姑娘是弄掉了玻璃鞋，沒想到網路上的灰姑娘是找錯了王子。玻璃鞋掉了，王子還可以「憑鞋搜人」，但認錯了王子……那我想灰姑娘的故事應該會跟「童話短路」一樣變成爆笑短劇吧！說不定我們網路上的灰姑娘會不小心變成了「網路白雪公主」的女主角，而灰姑娘的王子還在那裡覺得莫名其妙，爲什麼灰姑娘會到處在找七矮人呢？

想到這，我也只能用「白目」或「豬頭」來形容這個網路上的灰姑娘了。

「對不起！我剛剛傳訊時按錯人了！」

「沒關係，那妳快去找妳的白馬王子吧！我要去看文章了！」

還好我媽有教我要對女生寬容，換做是別人，應該會把這白目的灰姑娘罵得跟個豬頭一樣吧！

「白馬王子？」

「啊？沒有啦！快去聊天吧！Bye!」

眞是的，一不注意就說溜嘴了，總不能跟她說我在編童話短路吧！

「OK，眞的很抱歉，下次有空再聊囉！」

「Bye.」

「Bye!」

果然是個迷糊的灰姑娘，眞的找錯王子了。結束了傳訊，我又回到討論區看文章。暫時忘掉了CHIE這個ID，直到我在一個看板上看到她的文章爲止……

03

哇哩咧！這個灰姑娘果然很「搞闈」，整個板裡都充斥著她的文章。以前沒注意她的ID還沒發現，現在一看，可眞的差點昏倒了，平均四五篇文章後就穿插了一篇她發表的文章，以前不知道她，是因爲我從來不看這種主題一直重複的回應文章。通常這種回了很多篇的文章，到最後都會離題，好一點的，會變成灌水文章，假如一個不小心，也許還會變成帶有火藥味的爭論文章，到最後就有可能吵起來，所以我才懶得花時間看這些沒有價值的文字。

跳出了看板，基本上想看的文章都看得差不多了，看看手錶，該是出門的時候了。今天跟社團的人約好要去開會，再不出門的話，就可能會遲到了！

下線前，又到使用者清單看了一下，CHIE 正在和某個人聊天。那應該就是她剛剛要找的王子吧！不自覺地笑了笑，就下線關機了。

「王子與公主呀！唉……」

出門前，看了一下書桌上的照片，自己也感慨萬分，我曾經也有過生命中的公主，但曾經是曾經，現在是現在，現在我的心中，只剩下無限的感傷。

「嘉欣，我出門了！」

對著照片中我曾經深愛過的女生微笑，雖然不清楚現在我的笑是不是苦笑，但我還是跟平常一樣地說著，跟平常一樣拿起鑰匙和安全帽。但跟平常不太一樣的是，今天是心情黯淡地出門。

04

「學弟，你怎麼啦？今天不太對勁喔！」

「沒有啦，今天在網路上碰到一個怪怪的女孩子。」

「你終於開竅啦！現在會在網路上找女孩子聊天了！呵！」

「不是我找她聊的，是她自己傳訊傳錯人才會跟我聊的。」

「哪裡的女生呀？幾歲？個性如何？你不要的話，給學長好了！」

學長又來了，一說到女生就這副德性，他跟學姊的感情之所以一直無法定下來，都是學長這種見一個愛一個的個性害的。

說到學姊，剛剛學長的那番話已經使她一臉大便了，此時正瞪著他看呢！

「曾爰書！你不想活了呀！」

「開開玩笑而已，妳那麼在意做什麼？我跟學弟開開玩笑都不行喔？」

說完，學長就對著學姊扮了個鬼臉，又繼續跟我套網路灰姑娘的資料。

「快！學弟！是在哪個站遇到的？住哪？幾歲？ＩＤ是什麼？」

「我們學校的ＢＢＳ站，在新竹，十七歲，ＩＤ是CHIE……」

說完，學長竟然不說話了，連學姊也一臉不可思議的樣子。

「學弟，你剛剛說，那個怪怪的女生，ＩＤ是 CHIE 呀？」

「是呀！學姊妳認識她呀？」

「呃，沒啦！我不認識。」

「那學長你認識嗎？怎麼一聽到她的ＩＤ就不說話了？」

「啊？呃……不認識……」

學長學姊奇怪的態度雖然讓我很想繼續問下去，但是我知道這兩個人不想說時，再怎麼問也問不出什麼的。

「好吧，那我想先去逛逛書店，學長學姊慢聊囉！」

「嗯，學弟騎車小心點喔！Bye!」

我笑了笑後就走出去了，完全不知道在我出去後學姊跟學長講的話。

「爰書，CHIE 不就是你妹妹嗎？」

騎車到了學校附近的書店，本來想和平常一樣，去翻翻有關電腦的書籍的，但今天不知道是怎麼了，竟走到了兒童圖書區，在滿滿兩書櫃的故事書中找尋著「灰姑娘」這三個字。眞是邪門，爲什麼我今天會突然想看灰姑娘的故事？該不會是因爲那個網路上的灰姑娘引起的連鎖效應吧？

從前從前，有一個善良又孝順的可愛女孩，她叫做辛蒂瑞菈，她的爸媽都很疼愛她，她可以說是在幸福中長大的……

善良又孝順的可愛女孩？從跟 CHIE 傳訊的內容感覺起來，她跟這些形容詞似乎是八竿子打不著關係……

自從後母跟兩個姊姊開始指使她做家事後，辛蒂瑞菈每天就穿著粗布衣裳打掃家裡。因爲每天都弄得灰頭土臉的，後母及姊姊們都笑她是「灰姑娘」。漸漸地，辛蒂瑞菈的話也變少了，她每天都在房子裡做著做不完的家事，而能夠傾吐心事的對象，只剩下廚房裡的小老鼠，跟偶爾會飛來窗台邊的小鳥。每個星期天，她會到媽媽的墳前訴說近況，偶爾也會唱歌，美妙的歌聲，都會吸引一群可愛的小鳥來傾聽……

我的天啊！話少？這可眞的是童話短路了，我遇到的灰姑娘怎麼是「搞圍」型的？好像不管什麼人跟她對話，她都可以聊個半天不會累似的，至於唱歌……我只能把她跟痞子蔡所寫的《洛神紅茶》中的女主角聯想在一起，就是會邊洗澡邊唱著五音不全的歌的那種女生。

看著後母跟姊姊打扮得漂漂亮亮，而且高高興興地去參加舞會，辛蒂瑞菈開口懇求後母帶她一起去，卻被後母和姊姊們譏笑，說她不但髒，而且沒有漂亮的衣服，憑什麼去參加舞會，於是就這樣留灰姑娘一個人在家……

看到這，我不禁感慨起來，好像大多數的後媽都會虐待前妻的小孩。這讓我想到嘉欣的家庭，她也是在後媽不斷施壓的情況下咬著牙過生活……一想到嘉欣，我就難過得看不下去了，強忍住差點就奪眶而出的淚水，我把故事書放回書架上。眞是的，都過了那麼久，爲什麼我還會那麼難過呢？

「新竹……這星期還是回去一趟吧！」

雖然這邊離新竹不是很遠，不過除非家裡有要事，我是不會回新竹的。當初就是爲了怕觸景傷情，才選了新竹以外的學校，今天竟然會因爲一個不認識的人，而讓我興起了回去一趟的念頭。

呵，這個網路灰姑娘 CHIE，也許有我看不到的優點吧！雖然現在她在我心中缺點比優點多，在我心裡，卻對她開始產生了一點點的好感……

「吃過晚餐後，還是回去上線吧！」

正這麼想時，就看到學姊跟學長走進書店，沒想到他們是來看我離開了沒有，才納悶為什麼學長學姊會特地跑來找我，學姊就先說話了，「學弟，星期五晚上一起回新竹吧！你也有一個多月沒回去了不是嗎？」

學長學姊也都住新竹，但這還是我認識他們以來，第一次被他們邀約一起回新竹呢。照理說，他們應該也知道我沒事不會回去的吧！

「學姊，妳怎麼會突然想找我回去？」

「學姊看你這麼久沒回家，順便問一下呀！我們從小到大都是鄰居，每次我回去你都沒回去，吳媽媽一直問我你在忙些什麼，害我都說不出來，超尷尬的，你這次還是跟我一起回去吧！」

「嗯，我剛剛也正在想這週回家一趟，既然學姊都這麼說了，那就一起回去吧！」

「呵，你說的喔！對了，今天你學長說要請我吃晚飯，你也一起來吧！反正他會出錢嘛！呵呵。」

「啊？喂喂喂！我只說要請妳，沒說要請學弟耶！」

「小氣！反正你最近打工賺了不少錢啊！請學弟吃一頓又不會死！」

學長學姊又打鬧了起來。不過，看他們的樣子，也算是一種幸福吧！

06

跟學長學姊吃完飯，又坐在店裡聊了一會，不知不覺就九點多了。我才看了一眼手錶，學姊就問了。「學弟，幾點了？」

「嗯，剛過九點。」

我說完，學長就慘叫了一聲。正當我跟學姊覺得奇怪時，學長就開始哀嚎了，「天啊！我忘了我的報告！明天中午前要給教授的！我竟然一個字都沒寫！要是報告沒交，那科就穩當了！怎麼辦……」

學長還沒閉嘴，學姊就嘆了一口氣，跟我交換了一個「你看吧」的眼神，我看到了，也只能對學姊笑一笑，因爲這是學長的「大絕招」。

「我就知道，你每次請吃飯準沒好事，是不是又要我幫你寫報告啦？」

「呵，被妳發現啦！」

「你只會用這招而已好不好，下次能不能換別招呀？唉，反正都已經讓你請客了，今天只好幫你趕工囉！還好多找了一個人來給你請，這次拗得比較多一點，我幫你寫報告也比較有價值，不然每次我都覺得自己好像廉價勞工！」

「誰說我會白白請學弟的？嘿嘿，振霖，你飯也吃了，飲料也喝了，幫學長打打字應該算不了什麼吧！」

「打字？」

「是呀，每次都是你學姊寫手稿，我再熬夜打字，呵呵，還好我才智過人，今天多找了個替身來打字，我就不必熬夜囉！再說，你打字速度也比我快，對吧！」

「曾爰書！你夠了喔你！報告找別人代寫就算了，現在連打字都要別人幫你打？這到底是你的報告還是我們的報告啊？」

看樣子這次學姊眞的火大了，因爲她正在掏錢包，看也知道她打算付錢走人。這下子學長可緊張了，連忙壓住學姊的手，不讓她拿錢包出來，「敏靜，我是開玩笑的啦！別這樣嘛！」

我看氣氛不太對，也連忙出來打圓場。他們兩個吵起來，一定會冷戰好幾天，到最後我還是一樣要去當和事佬。與其這樣，不如先阻止，不然幾天後倒楣的還是自己。

「學姊，沒關係啦！晚上我也沒事，我可以邊上ＢＢＳ邊幫學長打字啦！」

「吳振霖！你也一樣！每次都被你學長吃得死死的，所以他才會愈來愈過分！」

哇哇哇，學姊這次眞的發飆，可見學長已經讓她積鬱很久了。平常只要我出來說話就可以幫學長解圍的，沒想到今天竟然也跟著變砲灰了。

「學姊，眞的沒關係啦！你們晚上可以去睡我那裡呀，我那邊比較靠近鬧區，半夜要買消夜也比較方便！」

「對嘛！對嘛！敏靜，學弟都這麼說了，今天的消夜跟明天的三餐都由我負責好不好？我保證下次不會了！」

我跟學長都緊張地看著學姊，深怕火山再次爆發。平常很好相處的學姊，眞的生起氣來，我想應該是沒有人會不怕的！

「……好吧，反正我也很久沒去那邊了，就聽學弟的吧！」

聽到這句話，我跟學長都鬆了一口氣，畢竟惹學姊生氣的話，不好過的一定是自己。總之，打打字就可以「保平安」，已經算是不錯的了。

「學弟，謝啦！改天介紹我妹妹給你認識！」

學長悄悄地跟我說著，不過我就納悶了，學長明知道我不想認識什麼女生，爲什麼還要介紹女生給我認識？而且還是自己的妹妹！他應該也知道去年發生的事呀！去年那件……讓我不堪回首的往事。

07

別以為學長安全脫身了，他得為剛剛在店裡說的話負責。看他手裡拿著大包小包的東西，我就知道，學長下個月大概要吃泡麵過活了！

「靠！妳什麼時候變得那麼會吃？我怎麼都不知道？」

「要你管！本姑娘今天就是要吃垮你！有意見嗎？」

「沒、沒有……」

我看學長是不敢有意見了，光是看學姊剛才在7-11大肆採購的樣子，連我都覺得害怕，餅乾都挑最貴的，飲料也是。學姊在拿餅乾時，還說寫報告時會想吃東西，但學長卻悄悄跟我說，他的荷包已經在哭了。而且就在學長把一大堆零食跟飲料「搬」到櫃台結帳時，連店員都露出不敢相信的表情，以為我們準備去逃難呢！

「學姊，拿這麼多，妳真的吃得完嗎？」

學長結帳時，我偷偷問了一下學姊，就算再會吃的人，也不可能一次把那幾大袋的零食吃完，更何況是平常食量就不大的學姊。

「傻瓜！吃不完就放你那呀！這次不好好給他一個教訓，他以後還是會把我們當廉價勞工的！你沒看我正努力地提高我們兩個人的身價嗎？」

聽學姊這麼一說，我笑了，她也笑了。不過我心裡很明白，就算學長不請學姊吃飯，學姊還是會幫他寫報告的，他們兩個是「周瑜打黃蓋」，一個願打，一個願挨，我們這些外人除了笑，還能多說些什麼呢？

08

「嘉欣，我回來了！」

開門後打開燈，跟往常一樣，迎接我回家的，是嘉欣的照片，我也跟往常一樣地說著「我回來了」，但學長似乎很驚訝似地看著我，彷彿我做了什麼不平常的事一樣。

「學弟！這習慣你還沒改掉呀？」

學長話還沒說完，就被學姊用手肘重重地頂了一下。學長邊跳邊叫痛，還被學姊罵了一頓，「人家哪像你呀！見一個愛一個！現在要找這麼深情的人已經很難了好不好！要不是、要不是因爲那件事，振霖也不會變成現在這樣子……」

學姊說完，眼淚就掉了下來。學長也突然驚覺自己說錯了話，連忙哄著學姊。而我，則是看著嘉欣的照片不發一語。

是深情嗎？我自己也不知道，爲何事情已經過了這麼久，我還是無法忘懷呢？這個答案我自己都找不到，更別說別人了。嘉欣，妳能告訴我答案嗎？

「學姊，別難過了啦！事情都過這麼久了，還是學長的報告要緊，再不開始寫的話，學長可要被當了，我們還是先寫報告吧！」

說完，我就先走進房間，把和室桌和墊子拿到客廳。學姊跟學長都不發一語，默默地把背包中的課本講義等東西拿出來，準備開始寫報告。因爲我只負責打字，所以一開始還沒事，於是我進房開了電腦，連上網路，準備先上ＢＢＳ看文章，這樣學姊他們有東西要給我打字時，我也可以馬上動作。

「都是你啦！沒事提到這件事幹什麼！」

「我只是隨口問問，我怎麼知道……」

「害人家想到去年那件事！我都那麼難過了，你有沒有想過振霖的心情？」

「對不起啦！我以後不敢了！」

「現在說對不起太晚了啦！而且你不應該跟我道歉，應該去向振霖道歉才對！」

學長跟學姊看著我在房間的背影，不約而同地嘆了口氣，但他們沒注意到我在電腦桌前的表情……我只能說，我現在的心情是無法形容的複雜，因爲我沒想到會在我想到嘉欣時遇到她！

你想跟 CHIE（跟你談一場虛擬戀愛）聊聊天嗎？（Y N B C D E F M）[Y]：

（N）【抱歉，我現在很忙，不能跟你聊。】（B）【我現在很煩，不想跟別人聊天。】

（C）【我有急事，我等一下再 Call 你。】（D）【請不要再 Page，我不想跟你聊。】

（E）【我要離開了，下次在聊吧。】（F）【請寄一封信給我，我現在沒空。】

（M）【留言給 CHIE。】

個人說明檔如下：

在這虛擬的世界裡，我用文字與符號談戀愛，
將名字化成了ＩＤ，與網路上的你談情說愛，
我是網上的灰姑娘，只有在上線時敢見王子，
只因離開網路之後，就失去了當公主的條件，
失去了任何去愛你，或讓你繼續愛我的條件，
我將會是你的公主，但你會是愛我的王子嗎？

看著 CHIE 找我聊天的訊息，我……遲疑了……

09

換成是平常，我一定毫不遲疑地按下 N，拒絕對方的聊天邀請，不過今天我真的是反常了，竟然遲遲做不了決定，我不知道該不該在這時候，在我想到去年那件事的時候，跟 CHIE 聊天。

「振霖，你在做什麼？」

學姊的聲音嚇了我一跳，在我回過頭的同時，學姊看到螢幕上 CHIE 邀我聊天的訊息，沒想到學姊趁我不注意，幫我按下了 ENTER 鍵，還笑著對我說，「偶爾跟別的女生聊聊天吧！網路可以讓你把平常不敢說出來的話都傾吐出來，畢竟你不能一輩子都被禁錮在回憶裡呀！」

我驚覺學姊幫我答應了接受聊天，猛然回頭看了一下電腦螢幕，還好上面顯示著「對方已停止呼叫」的訊息。我鬆了一口氣，因爲我還沒做好和 CHIE 聊天的心理準備。不過，正當我這麼想時，BBS上傳訊的嗶嗶聲又讓我嚇了一跳！

「Call 你那麼久你都沒反應，你掛了喔？」

我看到這句訊息，再看看身邊的學姊，只見學姊對我點了點頭，並給了我一個鼓勵的微笑，「去回訊息吧！別讓別人等太久，我不吵你聊天囉！好好想想我說的話！」

學姊說完，就回到客廳繼續幫學長寫報告了。而學姊對我說的話，一直在我的腦中迴盪著，「網路可以讓你把平常不敢說出來的話都傾吐出來，畢竟你不能一輩子都被禁錮在回憶裡呀」……這兩句話幾乎把我拉進思緒中，BBS的提示音又把我給拉了回來。

「眞的掛了呀？不會吧！喂，我在 Call 你唷。」

「Sorry，剛剛在忙。」

「在忙什麼呀？忙著跟女朋友聊天？」

「妳想有可能嗎？」

「對喔！你個性那麼奇怪，應該交不到女朋友才對！」

「隨妳怎麼講，我從不在意這種小事的！」

是呀！別的女生能不能容忍我的個性，我一點都不在意，因爲我的心，早在去年就封閉起來了，裡面關著的，是我對嘉欣的愛，以前是，以後也是，我也不奢望會有誰來把我的心房打開，因爲我只想愛著嘉欣。

「那有什麼事是你會在意的？」

這句話竟然問倒我了。從以前到現在，我最在意的就是嘉欣，卻在去年失去了在意的必要，我並不需要去在意，我也沒機會去在意了，那……現在的我還會在意什麼？

「我……不知道，我也沒什麼事好在意的！」

「不可能呀！每個人多多少少都一定會有一兩件在意的事呀！」

「那妳說說妳會在意什麼事。」

「呃……我會在意我身高不夠高，身材不夠好，臉蛋不夠漂亮……」

「妳只在意外表嗎？」

「當然不是！當然還有別的呀！」

「還有？」

「還有，我很在意你。」

這個訊息讓我嚇了一大跳！我？不會吧！哪有人會去在意一個不認識的人？更何況這只是我們第二次傳訊而已！

「剛剛按到ENTER了！我是說，我很在意你不肯告訴我你的基本資料！」

天啊！還好我心臟夠強，不然鐵定會被這小妮子嚇到心臟病發，說來說去，她在意的事對我來說，都是我不會去在意的小事嘛！

「我的基本資料有那麼重要嗎？」

我只是個普通人，又不是什麼大明星，我的基本資料可以讓一個小女生在意得要死，連我自己都覺得好笑！

「假如我沒告訴你我的基本資料，我當然不會這麼想！但是我都跟你說了，你卻不願意跟我說！」

唉，我眞的被這個灰姑娘給打敗了，現在我只能用「無言以對」四個字，來形容我看著電腦螢幕的心情。

「我又沒逼妳說，是妳自己要說的。」

「不公平！不公平！不公平！不公平！不公平！不公平！」

天啊！這個灰姑娘還眞不是普通的不講理，我快暈倒了！

「好吧，那妳說，怎樣才算是公平？」

「現在我問你什麼你都要照實回答，才算公平！」

這這這……這也太不公平了吧！妳不過只告訴我妳住新竹，十七歲，我就要有問必答？這任誰來想，也知道是大大的不公平吧！不過……算了吧！好男不與女鬥，沒必要跟一個未成年的小妹妹爭執這種無意義的事情。

「好吧！妳問吧！反正我今天認了！」

這個晚上，就在我跟 CHIE 的一問一答中悄悄流逝，直到 CHIE 該上床睡覺，而我也要幫學長打報告時，她才依依不捨地下了線。何謂依依不捨呢？就是「十八相送」！

我敢打賭，我跟她 Bye 一次，她就 Bye 回來一次，我又 Bye 回去，就這樣 Bye 來 Bye 去的，少說來來回回了三十幾次！真的是被她打敗！

不過，我會在網上告訴別人自己的資料，這倒是頭一遭。而這也是第一次，我會這麼執著地要 Bye 到對方下線爲止。爲什麼會在 CHIE 身上破例？我自己也不知道，呵，CHIE，眞是個令人感到不可思議的灰姑娘。

10

夜深了，我轉頭看著睡在客廳的學長和學姊。看著他們相擁而眠，我自然地把打字的動作放輕，深怕吵醒了他們。幾千字的報告，花不了多少時間就打完了，在等待印表機把報告印出來時，我把嘉欣的照片拿在手裡仔細看著。

從沒染過的直順黑亮長髮、細細的眉毛、大而清靈的眼睛、小而挺的鼻子、薄薄的嘴唇、白淨的瓜子臉，由這些拼湊出來的美麗笑容，我已經看不到了。要是那天我沒有答應嘉欣，那就好了……

印表機不知何時已經列印完畢，我也不知道看著嘉欣的照片發了多久的呆，只知道學姊進房間叫我時，天已經亮了。

「振霖，你怎麼了？」

「沒有，想到一點事情而已。」

「你在看嘉欣的照片呀？」

「是呀，不知道爲什麼，跟 CHIE 聊天竟然讓我想到嘉欣。」

「這次回去，你要去看嘉欣嗎？」

我把嘉欣的照片放回書桌上，對學姊搖了搖頭，「暑假時再去。」

學姊拍了拍我的肩膀，微笑著說：「你自己決定好就好，不過我跟你學長這次回去時會去一趟。你今天沒課嗎？」

「有呀，上午滿堂。」

「那你一晚沒睡，撐得住嗎？還是今天的課別去上了？」

「不用了，學姊，我不想睡，我現在腦子裡很亂，妳還是先把學長的報告整理好吧！

他等一下就要交了不是嗎？」

學姊依然掛著微笑，轉身走出我房間。我看著她的背影，她一步一步地走向學長。只見學姊用腳踢了踢學長，但學長毫無反應。接著學姊捏住了學長的鼻子，我們厲害的學長改用嘴巴呼吸。學姊依然掛著微笑，走回我房間。

「振霖，你這邊有沒有封箱膠帶？」

「有是有，不過，學姊妳要做什麼？」

「別問，給我就對了！」

我帶著疑惑，把抽屜裡的封箱膠帶交給學姊，看著她走回客廳……不會吧？我有沒有看錯？學姊正在用膠帶反綁學長的手！不過學長也真厲害，還是睡得不省人事，接下來的事，真的讓我看到目瞪口呆，學姊竟然用膠帶封住學長的口鼻！這、這會死人的耶！

學姊看著手錶，似乎是在讀秒的樣子。至於學長，其實他在被封住口鼻後的第三秒就醒了。但學姊似乎沒有要把膠帶撕下來的跡象，在學長猛力掙扎時，學姊還轉頭笑著跟我說：「這招我早就想用用看了，每次他賴床都叫不起來，沒想到這招這麼有用！」

這……這招用在再難叫的人身上應該都會有用的吧！我想，不會有人會在無法呼吸的狀況下繼續睡覺的，除非那是個死人！

「學姊，妳再不把膠帶撕下來的話，我看學長就快掛了！」

我看著學長依然不斷地掙扎，整個臉都漲紅了，學姊才從容不迫地把學長臉上的膠帶撕了下來。

「靠！古敏靜！妳一大早就想謀害親夫呀！」

「誰叫你那麼難醒，有人說今天的三餐他都要負責的喔！」

「那妳不能用正常一點的方式叫人起床嗎？」

「用正常的方式叫你根本就叫不起來好不好！趕快起來了啦！我們吃完早餐再去學校上課，至於你的報告，都印好了，你就自己整理囉！」

「好啦好啦！不過妳能不能先把我的手鬆開呀？」

「振霖，你也去洗個臉準備出門吧！我們去吃早餐！」

學姊邊說邊幫學長「鬆綁」，在我走進浴室前，聽到學長嘀咕著，「眞是的，我上輩子是做了什麼殺人放火姦淫擄掠的缺德事？不然怎麼會在這輩子遇到妳這母夜叉？」

「曾爰書，你是嫌自己活太久了是嗎？」

「啊，痛痛痛！別捏我的耳朵啦！」

這個早上，有學長學姊的打鬧聲陪伴，似乎讓這個冷清的屋子多了一點溫暖，我的心情，也跟著好了起來。

11

上完了早上的課，中午，在學姊還沒找我吃飯前，我就先跟學長說我不和他們一起吃飯了，也許是因爲熬夜，我覺得頭昏昏沉沉的，而且一點食慾都沒有，我現在只想回家睡一下，看會不會好一點。

「嘉欣，我回來了。」

放好背包，我整個人像虛脫了一般。一躺上床，頭沾上枕頭就失去了意識，模模糊糊中，我彷彿聽到了嘉欣的聲音。

「……霖……振霖……」

「呃？嘉欣？」

「呵，你在發什麼呆呀？你不是答應我，上完課要送我去打工嗎？」

「啊？對喔！我今天不知道怎麼搞的，頭昏昏的，沒什麼精神。」

嘉欣右手摸著我的額頭，左手摸著她自己的，從指尖傳來溫度。我能夠清清楚楚地看見嘉欣擔憂的臉龐，就在我的面前。

「沒發燒呀，振霖，你哪邊不舒服嗎？」

「也許昨晚看書看太久了沒睡好吧！不要緊啦！我等一下去洗個臉就好了！」

「眞的嗎？不舒服要說喔！」

「嗯！妳不是要打工嗎？走吧，我先帶妳去吃飯！」

我拿出摩托車鑰匙，牽著嘉欣的手，往停車的地方走去，順便問嘉欣想吃些什麼。看著嘉欣纖瘦的身材，我實在是很不忍心，不過以我現在的能力，卻一點忙都幫不上。

「妳今天想吃什麼？」

「跟平常一樣就好了。」

聽到這句話，我停下了腳步，臉上的不悅任誰都看得出來。

「除了這個以外，其他都可以，今天我就是不准妳只吃那些東西！」

嘉欣也知道，我固執起來，她再多說也只是會惹我生氣。因爲了解我是擇善固執型的人，所以她只有默默地點了點頭。

「妳每天都只吃那些東西，總有一天身體會被妳自己弄垮的！」

是呀！一個每天早出晚歸，下了課還要打工，回家還要做家事的女孩子，老師一天只吃一餐，而我這做男朋友的，怎麼忍心看她唯一的一餐吃得那麼少？嘉欣口中的「跟平常一樣」，就是上次被我抓到的那一餐，一個饅頭配白開水！

上次我看到時，難過得第一次在嘉欣面前掉眼淚。雖說男兒有淚不輕彈，但是看到嘉欣把賺來的錢都交給繼母，而自己能省則省，辛辛苦苦過日子的樣子，讓我上次光是抱著嘉欣痛哭，就不知哭了多久。也因此，我要求嘉欣從此午餐跟晚餐都要和我一起吃。

「嘉欣，我們家在中壢有一棟屋子，離中央大學很近，我們轉學去那邊好嗎？這樣妳就不用擔心生活的問題了！至於學費，我已經跟我爸媽說好了，他們會先幫我們出錢，我們以後工作了，再還他們就行了。」

嘉欣的眼神頓時亮了起來。我會這麼說，也是因爲嘉欣先前曾經哭著跑來找我，說她想逃離那個家，那個爸爸只會喝酒賭博，繼母只會每天打麻將，兩人一不高興還會打她出氣的家……那時我想也沒想，就答應了嘉欣的要求。

「振霖，你是說眞的嗎？」

「嗯！我是說眞的。」

就是那次，我跟嘉欣都去報名了中央大學的轉學考，很幸運的，我們都通過了考試，原本就在中央讀書的學長和學姊，那時也找了個週末回來幫我們慶祝。但就在大家都在替嘉欣高興時，完全沒想到接下來會發生那件事情……

正當我沉浸在美好生活即將到來的幻想中時，令我想像不到的事情發生了！嘉欣那天竟然鼻青臉腫的，哭著來找我。我激動得說不出話來，不過不用問也知道，八成是她爸又喝醉酒打她了！

「振霖……嗚……我爸看到中央寄來的通知單，他、他就把通知單撕了，嗚……還把我打了一頓！」

嘉欣邊哭邊說著被打的原因，我只能抱著她，拚命地安慰著，直到她哭累睡著了，我才思考要如何帶嘉欣北上求學過生活，只要她的父母不放過她，我想，我們是不可能平平靜靜生活的，只要人還在台灣，只要找得到我們的住處，嘉欣的父母一定會到我家鬧事，逼得嘉欣自己乖乖回家爲止！

「嘉欣，我明天就帶妳走。」

我徹夜沒睡地守著嘉欣，心疼地看著她傷痕累累的臉龐。原本五官很漂亮的嘉欣，現在臉上青一塊紫一塊的，原本流了滿臉的淚已化爲淚痕，布滿在她臉上，也許是疲累兼大哭一場的原因吧，她沉沉地睡著，但也許正做著惡夢，因爲每隔一段時間，她的身體就像是被嚇到般顫動一下。我的心似乎也跟著被她爸爸的拳頭給打碎了般，好痛好痛。

「振霖、振霖……」

天剛亮，嘉欣也醒了。但現在，她看起來就像個迷路的小孩般無助，那麼地驚惶，我忍不住抱住了她。

「嘉欣，我現在就帶妳走，好嗎？」

聽到這句話，嘉欣抱住我的手收緊了，彷彿是溺水的人抓住了一根浮木，幾乎把我給抱痛了。她在我懷中，忍不住哽咽，頭如同搗蒜般地猛點。

「那妳去洗把臉，我們收拾一些簡單的東西，先去中壢住幾天好嗎？」

嘉欣依然只是點了點頭，就起身去浴室梳洗了，我也在這時向爸媽說明原因，爸媽只是交代我要好好照顧嘉欣，並塞了兩萬塊及那邊屋子的鑰匙給我，之後就沒對我多說什麼了。

出門前，媽媽把外婆給她的一條金鍊子拿下來要給嘉欣，說是放在身上，有急需時可以用。嘉欣剛開始還不收，但在媽媽的堅持下，嘉欣只能收下。我也沒拿多少東西，只隨便收拾了一些衣物，就帶嘉欣走了。

「害怕到外地生活嗎？」

路上，我問著嘉欣，因為我從她的眼神中看到害怕的訊息，但嘉欣對我搖了搖頭，

「只要和你在一起，我就不怕，我只怕我爸跟阿姨會到你家鬧……」

「放心吧！我爸媽會應付的！」

「但是不知道爲什麼，我有不祥的預感……」

「別想太多了，到中壢後，妳就不必怕妳爸媽了！」

「可是……」

「妳再說，我可要生氣囉！」

「……」

到了新竹車站，離開車時間還有半小時，我買了票，要嘉欣先到位置上等。我去了一下洗手間，但我回到嘉欣原本坐著的位置時，嘉欣不見了。我急忙問旁邊的人有沒有看到剛剛坐在這邊的女孩子，得到的答案卻是「她好像被她的父母半拖半拉地帶走了唷」。

一聽見這樣的答案，我急得追了出去。一出火車站，只見嘉欣的爸爸在後面推著她，她阿姨在前面拉著，不論嘉欣怎麼掙扎，依然敵不過兩個人的力氣，更別說她爸爸以前還做過泥水工，力量之大可想而知。

眼看他們已經把嘉欣押到了馬路對面，我邊喊著嘉欣邊追過去。也許是因爲看到我，她爸爸跟繼母都愣了一下，也就在這時，嘉欣才有機會掙脫他們的箝制，不管三七二十一地朝我這邊跑了過來。

「嘉欣！危險！」

嘉欣急於奔向我，完全沒注意到路上往來穿梭的車輛。說時遲那時快，我的耳朵只聽見了一聲鈍鈍悶悶的聲音，一幅對我來說猶如地獄般的景象，就呈現在我面前：一輛藍色的福特全壘打，以飛快的速度撞上了嘉欣！

「不！」

我已經忘了自己嘶吼得多大聲，我只看到有如慢動作播放的影片：那輛車先把嘉欣撞飛了出去，但完全沒有煞車的跡象，依然飛快地往前開去，就在我們面前，硬生生地以前輪壓過了嘉欣。而後，不知道車上什麼東西勾住了嘉欣的衣服，就這樣勾著嘉欣拖行了一百多公尺，直到車子急轉彎，嘉欣才被甩了出去！

肇事者逃了，大馬路上留著長長的一條血痕，那都是嘉欣的血！我像瘋了般跑到嘉欣躺著的地方，將她抱了起來，往最近的南門醫院衝！

過了幾分鐘後，嘉欣的爸爸也跑到急診室，對著醫生大吼：「醫生！你一定要救救我女兒！她死了，就沒有人可以幫我還賭債了！」

本來正在幫嘉欣急救的醫生愣住了，他也許沒想到，竟有父親會在性命垂危的女兒面前說出這種話吧。

我激動地抓起她爸爸的衣領，用力搖晃著，「你夠了沒？要不是你，嘉欣也不會變成現在這樣子！」

「幹！這是我女兒！她養我是應該的！哪輪得到你這外人說話！我還沒告你誘拐我女兒，你倒先罵起我來了！」

「你別太過分了你！」

雖然在醫院的急診室裡吵鬧很不應該，更何況嘉欣還在急救中。但我還是忍不住舉起了拳頭，正要往她爸爸身上打去時，醫生說話了。

「你們誰是這位傷者的家屬？」

「我是！」

「我是！」

我跟嘉欣的爸爸同時喊了出來，只見醫生看著我們，搖了搖頭……

13

看著醫生搖頭的動作，我簡直是不敢相信。

「很抱歉，她送來的時候，就已經沒有生命跡象了。」

我腦中一片空白，我內心構築的幸福世界，在嘉欣被撞的那一刻起，就已經開始動搖了，而醫生所說的這一句話，更是讓我的美夢完全崩潰粉碎。

「都是你這死小子！要不是你帶走我女兒，她也不會死了！」

嘉欣的爸爸開始像瘋了似地打著我，而我，則是整個人傻在當場，完全感覺不到拳頭打在身上的疼痛，只是任憑嘉欣的爸爸搥打。

「這位先生，請你冷靜點！我知道你失去了女兒很難過！但這裡是醫院，請你安靜！」

醫生們花了好大的力氣，才把嘉欣的爸爸從我身邊拉開。我跌坐在地上，看著一身被鮮血染紅的襯衫和牛仔褲，眞的很難接受，嘉欣眞的死了嗎？她剛剛不是還在跟我說話，還在對我笑的嗎？爲什麼她現在躺在那裡一動也不動？

「嘉欣，妳醒醒……別跟我開玩笑，醒醒好嗎？我們不是要一起去中壢生活、一起念書的嗎？妳醒來好不好？我們現在就去中壢，好不好？」

我走到滿身是傷是血的嘉欣身旁，握著她原本溫暖的雙手，那雙因爲做家事及打工而略爲粗糙，卻是我想緊握一輩子的手。爲什麼？爲什麼現在這雙手不像先前那麼溫暖了？爲什麼嘉欣不回答我？爲什麼……

「先生，麻煩讓開好嗎？我們現在要先處理遺體，因爲急診室隨時可能有需要急救的傷患進來。」

護士拉開我之後，還發生了什麼事，我也不知道了。我只記得我撥了通電話回家，再回神時，爸爸正叫著我，不時還以右手拍著我的臉頰，看情況，我失神了很久，而媽媽早已泣不成聲了。我的身上及臉上，布滿了被嘉欣的爸爸所打傷的痕跡，身上的血跡，也已經由鮮艷的紅色，轉變成深深的褐色。

「嘉欣……嘉欣……」

看著嘉欣的遺體被推入冷凍庫時，我的淚隨著我呼喊她名字的聲音一起掉了下來，那是傷心的淚嗎？我也不知道，因爲我的心就像是跟著嘉欣一起死了一樣，已經毫無感覺了。

接下來的日子，我把自己關在房裡，不吃不喝的，整個人瘦了一大圈，而外表則是頹廢得不像是個人，頭髮凌亂，滿臉的鬍渣，衣衫不整的，一整天就是只坐在房裡發呆，彷彿是個活死人，看著由窗簾隙縫中透進房間的光，也不知道亮了又暗、暗了又亮了幾回，我只知道，當學姊由中壢趕回來時，是跟學長兩個人合力，才把我硬拖出房間的。

「吳振霖！你想這樣窩一輩子嗎？你醒醒好不好！嘉欣死了，我們當然知道你很難過，我們不也一樣？但是你再不清醒，嘉欣的遺體要怎麼辦？任她放在醫院變成無人認領的無主孤魂嗎？」

「怎麼會……嘉欣她爸爸呢？」

「你最了解嘉欣的家庭狀況的！你還不仔細想一想？嘉欣的爸爸欠了一屁股債，現在籌錢跑路都來不及了！哪還有閒功夫去花錢安葬自己的女兒？人生前就不被重視了，更何況是死後！」

「怎麼辦……怎麼辦……」

「不要再喊怎麼辦了！你醒醒吧！現在你要先把自己身體顧好！你再怎麼自虐，嘉欣死了就是死了！回不來的！她不會希望看到你現在這個樣子的！」

學姊的話，一棒把我敲醒了。但連續幾天都處在失神的狀態下，又完全沒吃沒喝，現在我只覺得全身虛軟無力，而且一思考，頭就痛得像要裂開了一般，好痛，眞的好痛……

下一秒，我就陷入了無邊的黑暗之中……

「振霖、振霖……你醒醒！」

是學姊的聲音，可是我頭好痛，我只覺得昏昏沉沉的，全身都使不上力，連回應學姊的力氣都沒有。

「振霖！快醒醒！你可別嚇我！」

我吃力地把眼皮撐開，但天花板上，日光燈發出來的光線刺得我眼睛好痛！眼皮再度闔上以阻絕光線時，眼淚也從眼角流了出來。

對了，我是不是忘了什麼事？好像是件很重要的事……

嘉欣？我猛然坐起身，抓著學姊的肩膀激動地問：「學姊！嘉欣呢？嘉欣要怎麼辦？」

「振霖，你做夢啦？你現在在發高燒，等一下你換個衣服，我叫你學長載你去看醫生！真是的，身體不舒服也不說，每次都要別人操心。剛剛你躺在床上像睡死了一樣，差點沒把我給嚇死！」

我環顧了一下四周的環境，這是我中壢的家，而不是在新竹。原來我剛剛在做夢。

「學姊，我夢到嘉欣出車禍的那一天了。」

「振霖，事情都過這麼久了，你不是已經不會想到那天的事情了嗎？爲什麼今天又夢到了？」

「我不知道。」

「好了，別想太多。趕快換衣服，再不看醫生，你會燒到變白痴的！」

「學姊……」

「嗯？什麼事？」

「假如我死了，見得到嘉欣嗎？」

「你說些什麼呀？嘉欣假如知道你這麼想，她會生氣的！」

「我只是說假如……因爲我好想陪著嘉欣。爲什麼那天我沒有跟她一起死？這樣她就不會孤伶伶的一個人了。」

「……」

學姊不說話了，我也不知道該說些什麼。學姊走出我房間，我就開始換衣服，也不知道自己發燒到幾度了，只知道下床走路都走不穩，下樓時，還要麻煩學長扶。還好明天沒課，不然以我這狀況看來，根本沒辦法去上課。

「三十九度半。」

護士語調平淡地說著，對她們來說，幫病人量體溫是職責，她們只要把體溫量好，報出來，最後登記在病歷表上就可以了。不像學姊，一聽到這個數字，就一副快暈倒的樣子。

「需要住院嗎？」

「不需要，等一下打個點滴，領藥回去吃就行了。記得這兩天最好都吃清淡一點的東西，多休息，等燒退了就沒事了！」

我被帶到了急診處打點滴，學姊則到櫃台領藥，學長去醫院地下室的福利社幫我買水。一個人躺在病床上，我又開始想著剛剛我對學姊講的話。

假如我死了，見得到嘉欣嗎？雖然我不太相信這些事情，但假如眞的見得到嘉欣，我想我一定會毫不遲疑地去陪她。

「振霖，先把這藥吃了，然後你再睡一下，點滴沒那麼快打完，我跟你學長會在這邊陪你的。」

「我怎麼覺得妳好像比較關心學弟呀？對我就這麼尖酸刻薄！」

「你自己想想，你有振霖那麼好嗎？」

「呃……我的優點跟學弟的優點是不同類型的，沒辦法比啦！」

「狡辯！還不趕快倒水！讓振霖趕快吃了藥休息啦！」

「學弟，你要注意囉！找女朋友，別像我那麼『帶賽』，找到這隻母老虎。像我現在，身處水深火熱之中，真的是呼天天不應，叫地地不靈呀！」

「曾妟書！」

「開玩笑的嘛，別生氣喔，生氣會長皺紋唷！我可不要一個滿臉皺紋的歐巴桑當我的女朋友唷！」

看著學姊快抓狂的模樣，學長邊搗著自己耳朵邊說著，還朝我拋了一個「我就說吧」的眼神。看到這眼神，我笑了。

15

星期四下午，已經退燒的我又開了電腦上線。兩天沒上ＢＢＳ站看文章，也兩天沒收信了，不知道信箱會不會被朋友轉寄來的郵件灌爆了。開了 Outlook 收信，再連上ＢＢＳ準備看文章，一件讓我意想不到的事發生了。

「你有情書喔！」

畫面正上方出現了這個訊息，是這個BBS站在使用者收到新信件時會顯示的訊息。

我在站上也不認識什麼人，應該是廣告信件吧！

我把游標移到 mail 的選項，準備把廣告信刪掉，但一進去，就看到 CHIE 的名字。

讀取 CHIE（跟你談一場虛擬戀愛）寄來的「好無聊喔！」？

（Y）讀取（N）不讀（Q）離開 [Y]：

我按下了Y，想看看CHIE到底寫了些什麼……

寄信人：CHIE（跟你談一場虛擬戀愛）

標　題：好無聊喔！

發信站：ＸＸＸ資訊站（Thu May 14 20:50:37 1999）

來　源：h49.s248.ts31.h

好無聊喔，都沒人上站陪我，文章也回完了，現在沒事做呢！

你呢？不知道你現在在做什麼？昨天跟你聊天我覺得很愉快唷！

你什麼時候回新竹？我們見個面吧！

見面？我沒看錯吧！見面？一直以來，我在網路上幾乎是不和人聊天的，自然也不會去參加網聚之類的活動，更別說是單獨見網友了。這小妮子也眞不會保護自己，難道她不怕遇到壞人嗎？我只跟她傳過兩次訊息，她就要見我，這也未免太離譜了！

看著這封信，我決定不做任何回覆，雖然我明天晚上就要回新竹了，但我並不想見她，沒有必要在這時見面吧！想著想著，我又想起了那晚我跟 CHIE 傳訊息聊天的內容。

「現在不論我問什麼，你都要照實回答，才算公平！」

「好吧！妳問吧！反正我今天認了！」

「先問最基本的！你幾歲？住哪裡？」

「中壢，二十一歲。」

「多高？多重？」

「一七八，六十六。」

「哇，很標準耶！那你長得如何？」

「不怎麼好看吧。基本上，沒有人說過我長得好看。」

「是喔，那你有沒有交過女朋友呀？」

「剛剛不是有人說，以我這怪脾氣，一定沒有女生敢當我女朋友的嗎？」

「呃……剛剛是開玩笑的嘛，到底有沒有嘛？」

「有。」

「交過幾個？」

「一個而已。」

「那現在呢？你和你女朋友還在一起嗎？」

「嗯，沒有了。」

「爲什麼，吵架嗎？」

「不是，不過是以不怎麼好的結局收場就是了。」

「很抱歉讓你想到不愉快的事了。」

「沒關係，反正事情都過了，妳不必自責。」

「你應該很喜歡你女朋友吧。」

「何以見得？」

「從你跟我講話的態度判斷的呀！我想你現在還很喜歡你女朋友，對吧！」

「也許吧！但是，就算我再怎麼喜歡她也沒有用了。」

「爲什麼？」

「因爲，她已經死了……」

我想起來了！就是因爲跟 CHIE 聊到嘉欣，我才會夢到從前的。

16

「呃，對不起……」
「有什麼好對不起的？」
「我不該問這種問題的，而且我也不太會安慰人。」
「安慰？很多人都試著要安慰我，但是一點用都沒有。」
「呃，我能不能再問你一件事呀？」
「問吧，今天妳不是逼我要有問必答的嗎？」
「你會不會因爲這件事就自暴自棄，跑去……」
「跑去怎樣？」
「召妓……」
看到這個訊息，我差點沒從椅子上摔下來！天啊，這個十七歲小女生的腦袋瓜子裡到底在想些什麼呀？
「妳怎麼會這麼想？」
「因爲人家看連續劇，戲裡男主角都會在失意的時候跟別的女人上床嘛！」

現在的小孩子都這麼想的嗎？我已經開始擔憂國家的未來了，雖然我跟 CHIE 只差了四歲，但是我怎麼覺得思想和觀念差了好多，眞的是「三歲一代溝」嗎？

「妳覺得我是這種人？」

「當然不是呀！我只是問問而已嘛！」

接下來，我就沒再回訊息給她了，因爲我不知道該跟她說些什麼，才能結束這尷尬的話題，但我想她應該會先傳訊給我吧！

「你生氣了呀？」

「沒有……」

「我們聊別的好不好，一直在這話題上打轉，我怕我聊不下去。」

「我也這麼想。」

「對了，我忘了我還沒問你爲什麼會相信網戀耶！」

「那時我不是問妳，別人都怎麼跟妳說嗎？」

「對呀！我說別人都不相信呀！」

「就是這個原因。因爲我不喜歡跟別人一樣，所以我相信。」

「天啊！這是什麼爛理由，昏倒。」

「我覺得這理由很好呀！這理由有什麼不對嗎？」

「算了，那我繼續問好了，既然你相信網戀，那會不會和別人談網戀？」

「也許會，也許不會，我還沒有談戀愛的打算。」

「爲什麼？」

「有太多殘酷的因素了，而且剛剛我也說過，我忘不了我女朋友。」

「你總不可能一輩子都這樣吧！」

「總之，我暫時是不會去碰愛情的。」

「那我可以做你的朋友嗎？」

「我不在網路上交朋友的。」

「那就是說，你在網路上連半個朋友都沒有囉？」

「是呀，我上網都只看文章不聊天的。」

「嘿嘿嘿，所以我是你網路上的第一個朋友囉？」

「啊？」

「還啊什麼！就這麼說定囉！」

「這……」

「還這什麼！不小心拿走你的『第一次』，呵呵，可別怪我唷！」

我還來不及反應。我怎麼都想不到，這灰姑娘又故態復萌，開始變得「鴨霸」起來。

也因爲這樣，她成了我第一個網路上的朋友，一個我料想不到竟會影響我往後生活的朋友。

17

在站上看完文章，我就離線了。一方面頭還有點昏昏的，另一方面是明天滿堂，從早到晚都有課，下課後還要跟學姊學長一起回新竹。所以，晚上我早早就上床休息。

「振霖……」

呃？嘉欣？我怎麼聽到嘉欣的聲音了？

「振霖，你愛我嗎？」

我怎麼可能不愛妳，我最愛的就是妳了，爲什麼妳會這麼問呢？

「那就爲了我，好好對待自己，好嗎？」

什麼意思？我不覺得我對自己不好呀！

「振霖，我已經死了，別再爲了我而把你自己封閉起來，我相信你會找到比我更好的女孩子，把心放開，好嗎？我不值得讓你這樣過一輩子，已經有個比我更好、更值得你去愛的女孩子在你身邊了，不是嗎？」

女孩子？我身邊除了學姊，應該沒有其他女孩子跟我有比較親近的關係吧！

那嘉欣所說的女孩子又是誰？

「用心去感覺，就像你用心對我一樣，你不難發現，有個女孩子正在等著你去愛她……」

嘉欣，妳知道是誰嗎？不然怎麼會這麼說？

「振霖……她是……」

嘉欣？妳的聲音怎麼愈來愈小了？嘉欣？妳還在嗎？

「嘉欣！」

我坐起身，四周是一片黑暗，打開燈看了一下時鐘，凌晨三點半。我再度躺回床上，思考著夢中嘉欣說的話。我身邊有女孩子正等著我去愛？有嗎？爲什麼我都沒察覺到？想著想著，我又陷入了夢境之中……

一個穿著牛仔褲和白色T恤的女孩子，頭髮短短的，我雖然很想看清楚她的臉，卻怎麼都看不清楚。她見了我，就轉身往後跑，我不知怎麼的，就自己追了上去。等我好不容易追上她，拉到她的左手時，她卻轉身給了我一個耳光！

才夢到這，我又驚醒了過來，牆上的時鐘剛好指在七點的位置。爲何會做那個夢，我自己也搞不清楚。不過，一個晚上做兩次夢，這倒還是頭一遭。

「喔？接下來呢？」

學姊和學長帶我去吃午飯時，我提到了這兩個夢。學姊對我做的夢好像特別有興趣，而學長不發一語，趁學姊在聽我述說夢境時，偷偷瞄著隔壁桌外文系妹妹的大腿。

「然後我被甩了一耳光……」

不知道是不是因爲夢到嘉欣說的那些話，我總覺得好像有別人在我背後指指點點的，而一直看著我，並在一旁說悄悄話的，好像都是女生。

「我很同意你夢中嘉欣說的那些話，因爲你不可能一輩子都這樣。再加上，我想嘉欣說的女生，也許不只一個吧！」

「怎麼說？」

「你不知道我們學校有多少女生想當你的女朋友嗎？你眞的是「大小通吃」了，下至大一的妹妹，上到我們大四的學姊，哪一個不想跟你『做朋友』？」

學姊「做朋友」那三個字說得特別用力，並且指了指她背後的兩個學妹。當我眼神往那邊看過去時，學妹又紅著臉低下頭去，假裝若無其事地吃著東西。假如可以，我眞想過去告訴她們，她們正在嚼著的海帶，上面固定用的牙籤還沒有拿下來，難道她們嚼起來都沒感覺的嗎？

「這我就不知道了……」

「其實你自己仔細注意的話，不難發現的！」

「也許吧！不過我現在還是不想交女朋友……」

「隨你囉！想不想交女朋友，我相信你自己會處理得很好，不過我跟你學長也該走了，他再看下去，眼睛都快脫窗了。先走囉！拜拜！」

「嗯……學姊晚上見！」

看著學姊把學長連拉帶拖地弄出餐廳，我才發現，一直被學長盯著大腿看的外文系學妹，原來正一直盯著我看。

18

「請問這邊有人坐嗎？」

學姊才走沒多久，一個穿著牛仔褲跟白T恤的學妹，拿著餐盤走到學姊剛剛坐的位置上。她的穿著讓我想到昨天的夢，但她不是短頭髮。

「沒有。」

我淡淡地回答著，因爲我已經習慣了，每次學姊一走，一定會有人問那位置是否有人坐。不過今天仔細回想起來，來問我的，似乎都是女孩子。雖然我並不是眞的木頭到這種地步，但我還是不相信自己有那種讓女生欣賞的魅力。

「你跟敏靜學姊很熟呀？」

聽到這句話，原本看著書的我抬起頭來，這才看清了她的長相，圓圓的小臉，大大的眼睛，長髮紮成一束馬尾，算是一個很可愛的女孩子。

「算是吧！我和學姊是鄰居，除了高中外，一直都念同一所學校，妳說我們熟不熟？」

「那她是你女朋友嗎？」

「不是，我們看起來像男女朋友嗎？」

「可是我朋友說你跟敏靜學姊在一起，學姊還常去你住的地方過夜……」

聽到這句話，我就不怎麼高興了，爲什麼總有人八卦一些無意義的事，而且現在還由一個不認識的女孩子來向我「求證」，這未免太奇怪了吧！

「她們有沒有說學姊還腳踏兩條船，同時跟我和爰書學長交往呀？」

「你怎麼知道？」

眞是一群三姑六婆，我想我的臉色現在應該不怎麼好看吧，因爲學妹正以一種可以說是「驚惶」的表情注視著我，我也發現自己的語氣不怎麼友善。

「想也知道，妳們這些在父母的寵愛下長大的小女生，根本不需要爲了生活而煩惱，每天除了關心明星或同學朋友的八卦，三五好友聚在一起嚼舌根外，妳們還會做什麼？」

「我、我沒有……」

「妳想知道什麼？我跟學姊的關係？還是要套出一些我生活中足以讓妳們八卦的事情，好讓妳回去跟室友大肆宣傳？」

我大概說得太過分了吧，因爲學妹完全傻住，她也許沒想到我會反應那麼大吧！而隔壁桌外文系的學妹又開始不知道在說些什麼，總之，那時我把場面弄得很僵就是了。

「學長，我沒有那個意思……」

「抱歉，我有事先走了，恕我直言，我不喜歡多事的女生，尤其是喜歡管人閒事的那種，有空管人閒事的話，還不如多念點書吧！」

說完我就走了，留下學妹跟一些不相干的人，就這麼走出餐廳。在往計算機中心的途中，我又覺得自己沒必要發這麼大脾氣，以那種場合看來，我想必讓學妹很難堪吧！

「今天我到底是怎麼了？」

我喃喃地問著自己，此題依然無解。不過不知道為什麼，學妹一提到學姊，我就不怎麼高興了，可能是因為我不喜歡別人講學姊的壞話吧！我想，沒有人會喜歡聽到很照顧自己的人被別人說壞話的。

今天一天，我的心情都不是很好，至少在回新竹前是這樣沒錯。

19

「振霖？心情不好呀？」

學姊的手在我眼前揮了揮，發呆中的我嚇了一跳。

「你今天怪怪的喔！」

「學姊，我今天罵了一個學妹。」

「我有沒有聽錯？你會罵女生？自從嘉欣走後，你一向都不會在女生面前表現出情緒的啊，為什麼今天會這樣？」

學姊一臉驚訝地看著我，她說的是事實，自嘉欣從我的生命中消失後，大多時候我對女孩子總是抱持著冷淡的態度，自然不會對女生有任何反應，更別說是開口罵人了。而學姊問的問題，我自己也很想弄清楚呀！爲什麼我會罵了那個學妹？

「學姊，別問了，我自己也不知道。最近，奇怪的事接二連三地來，天知道下次會發生什麼。」

「學弟，也許你開始思春了唷！」

學長邊這麼說著，眼睛也邊打量著坐在他對面的女孩子。以學長的觀點，那叫「純欣賞」，只是學姊自行把他欣賞的目光加上了某種顏色，所以才會不高興他盯著別的女生看。雖然我不會想要改變學長的論調，但我看學姊已經是一臉恨不得把學長的眼珠子挖出來的表情了。

「思春？只有你這不要臉的人才會思春啦！我看你不只是在思春，你還在發春！一直盯著女生看，你也不害臊，你不覺得自己就像隻正在發情的色狼嗎？」

「啊，痛痛痛！別捏我的肚子！別捏我的肚子！」

「學姊，整車的人都在看了……」

我小聲提醒著身旁的學姊，因爲他們的音量，在本來就不怎麼大的電車車廂裡，早就讓所有人都把他們的對話聽得一清二楚了。不但如此，大家還投以不耐的眼神。因爲電車上有很多人都正閉著眼睛假寐，很顯然學長跟學姊的聲音已經吵到他們了。

「都是你啦！丟臉死了！」學姊紅著臉，又伸手打了身旁的學長一下，不過罵學長的聲音倒是減低了許多。

「學弟，你評評理，到底是誰害的呀？惡人先告狀！」

「學長，好了啦，快到新竹了，下車後我再幫你們評理吧！我怕現在會吵到別人，反正再五分鐘就到了嘛！」

「對了，我上次不是說要介紹我妹給你認識嗎？」

「呃？學長，我現在不想認識什麼女生……」

「你看不起我喔？不屑認識我妹？」

「啊？我沒那個意思……」

「那就對了！她等一下會開車來接我們，我們一起吃個飯再送你回去！」

「呃……好……」

聽學長這麼說，我也不好意思再拒絕了，雖然他的妹妹跟我沒什麼直接的關係，而且我也不想到處亂晃，不過我看今天學長又要拖著我們玩通宵了。

「你妹已經有車啦？」

「是呀！那車還是她自己買的，雖然我爸媽不怎麼贊成她買車，不過她真的鬧起來，我們全家沒一個人拿她有辦法，所以只好順著她囉！」

「那她的錢從哪來的呀？」

「她上次向我借了幾萬塊，又把自己從小到大的積蓄全都領了出來，然後拿去炒股票。天知道她哪來的狗屎運，只要是她買的股票，都狂升猛漲的，就這麼賺到了她現在的車子。」

「不會吧？那她現在還在玩嗎？」

「沒了啦！她就是這樣神經神經的，弄到想要的東西就收手了。不過，買了車之後，她還剩下比原先多出一倍的存款，現在她比我還要有錢呢！」

「可是她怎麼挑這時候買車呀？」

「是呀！我爸媽就是因爲這理由才反對的呀！但買都已經買了，我們還能說些什麼？硬叫她把車退掉，我想我們家至少要整整兩個月不得安寧。」

「你確定她等一下要載我們去吃飯？」

學長點頭代替了回答，而我則是從學長跟學姊的對話中，開始揣摩學長的妹妹大概是個什麼樣的人。想像中，她應該比學長小個一兩歲，而且已經在工作了吧。也許還是個被寵壞的小孩，一鬧起來絕對會天翻地覆的那種女生。想到這，我就不怎麼想認識她了。

「哥！」

事實證明，我錯了……眼前看到的「小女孩」年紀應該比我小吧！或者她是娃娃臉？女孩子會開車又會玩股票，感覺上應該也要滿二十歲吧？但我怎麼看都覺得她未滿十八。

「敏靜姊！」

她站在一台黑色的 Corsa 旁邊，正高興地向我們揮著手，甜甜的聲音，要是稍微撒個嬌，我想沒有一個人會不動心的。

「呃，不認識的大哥哥！」

她一這樣叫，我就呆住了，不認識的大哥哥？第一次看到那麼主動又活潑的女孩子，但是我年紀應該不會比她大多少吧！

「親愛的小妹，妳都這樣叫不認識的男生呀？」

「他跟你讀同一所大學，不叫哥哥要叫什麼？叫人家小弟弟嗎？」

她一邊開車門，一邊對我投以親切的笑容，我實在不太敢相信，她真的比我大嗎？

「嘉嘉，妳確定妳要開車？還是讓妳哥開好了……」

「才不要！人家的車剛買沒多久，才不要讓臭大哥開！說不定他技術比我還爛，我可不想看到我的愛車變成一堆破銅爛鐵！」

她說完就鑽進駕駛座，而學長跟學姊只是搖了搖頭，就坐進了後座，剩我呆呆地站在原地，我要坐哪呀？

「學弟，你還站在那做什麼？上車呀！」

「呃？要我坐前面嗎？」

「不然呢？你想跟我們擠後面呀？我妹又不是恐龍，你還怕她咬你喔？」

聽著車子發動的聲音，我只好硬著頭皮坐進駕駛座旁的位置。聽學長這麼一說，我才開始仔細觀察他妹妹的外型，有著健康膚色的瓜子臉，挑染過的細直長髮，從側面看來，有點像徐若瑄，是很惹人憐愛的那一型，其他的，我就沒再注意看了，畢竟一直盯著一個不認識的女生看，是件很不禮貌的事。

正想著，學長就迫不及待地要把他妹介紹給我認識。

「學弟，這就是我妹，她今年……」

「哥！我自己說啦！你每次跟別人介紹我，都把我說得好難聽！」

「哪會呀！我只是把妳在家的『生態狀況』照實轉述而已，哪有講得很難聽？」

「總而言之，等一下我自我介紹時你不准插嘴。」

「好好好，妳說什麼都好，我可不想今天回到家沒辦法好好睡覺。」

車子停在紅燈下時，學長的妹妹轉過頭來，給了我一個甜甜的微笑，並且用她那好聽的聲音說著，「你好，我叫曾蒂嘉，今年十七歲！請多多指教！」

一瞬間，我竟然失神了。我看著她可愛的臉，聽到她好聽的聲音時，我不否認，我失神了有三秒之久，但就在號誌轉綠，車子再度開始移動時，我大叫了起來，「什麼？妳才十七歲？」

雖然懷疑她未滿十八，但真的聽到她報出實際年齡，我還是吃了一驚！不不不！重點不在這！重點在……我正坐在她的車上！

「是呀？有什麼問題嗎？」

「可是妳正在開車。」

「對呀！有規定我不能開車嗎？還是我看起來不像是會開車的樣子？」

「妳有駕照嗎？」

「沒有啊！不過我再五個月就滿十八了，那時就可以去考了。」

我轉過頭去，看了學長學姊一眼，只看到他們兩個正對著我苦笑

「學弟，你現在應該知道爲什麼我們會讓你坐前面了吧！你可以少去一趟遊樂園了！我敢保證，你等一下不用花錢，就可以享受到坐雲霄飛車的快感！」

聽到學長這麼說，我下意識嚥了一口口水，並趕緊繫上安全帶，而蒂嘉看著我繫好安全帶後，笑著說：「哥，你太早洩密了吧！不過你放心，我開車技術很好的，坐穩囉！」

顯然這句話的後半段是對著我說的，但我腦中已經是一片混亂了。

她一說完，我只聽到她踩下油門讓引擎加速的聲音，車子就衝了出去！我看到時速錶上，指針不斷地爬升，五十、六十、七十……坐在這台車上，我就快不能思考了！這小女生一點都沒減速的意思，車子在中正路上快速地蛇行著，還連闖了兩個紅燈，甚至好幾次都險些和別的車子擦撞！

在我的思考迴路即將崩潰的前一秒，她說了一句話……

「我都自我介紹了！接下來我問你什麼，你都要照實回答才算公平唷！」

這句話我好像在哪聽到過。正當我看著她準備再闖第三個紅燈時，一個名字在我腦中突然蹦了出來，而我也同時喊了出來！

「CHIE？」

我的耳朵聽到一聲刺耳的煞車聲，而車子在滑行了幾公尺後，終於停在第三個紅燈前。當我從驚嚇中恢復，轉頭，只看到蒂嘉正一臉不悅地看著我。

「不想回答就算了嘛，罵什麼『去』！你好沒禮貌喔！」

「呃？我沒有呀！」

「可是我剛剛明明就有聽到！」

「呃抱歉，我剛剛突然想到一個朋友的名字，下意識就喊了出來，我沒有罵人的意思，只是我朋友名字的發音很像『去』。」

「眞的嗎？」

「嗯，眞的。呃，能不能請妳……開慢一點，我老人家受不起驚嚇……」

車子又開始往前開，但很明顯的，已經是照一般的行車速度在移動，可是蒂嘉還是一臉的不悅。

「老人家？你會有多老？我哥也才二十四，你會老到哪去？」

「我二十一……」

我說完，車裡就陷入一片沉默。我是不好意思再講話，而學長學姊則是嚇得說不出話來，蒂嘉就更不用說了！想必我是觸怒她了，她現在一定是不想講話了吧！

就在這安靜的狀況下，車子開到了南寮漁港一帶，在一間看起來不錯的餐廳前停下。我想裡面的東西大概不便宜吧！

「到了！下車吧！」

「學長，你說要吃東西是來這裡吃喔？」

「對呀！你放心啦！我妹股票賺錢，今天她說要請客！」

「這不太好吧……」

「怎麼？你認為我請不起？」

「沒有，我不是那個意思……」

「那就進去吧！還站在這做什麼？」

看樣子，蒂嘉對我的第一印象應該滿差的吧！這樣也好，反正我也不想跟她有什麼交集，不過我今天還眞是倒楣呀！是不是跟女生過不去啊？怎麼老是跟女孩子起衝突？眞是糟糕！

「小妹，妳怎麼了？是不是那個來了呀？今天脾氣怎麼這麼火爆？」

「大哥！」

「開玩笑的啦，妳別一副要吃人的樣子！不過，振霖又沒做什麼，妳幹麼說話帶刺，害人家都不敢講話了。」

「……」

「嘉嘉，好了啦！別跟他嘔氣了，你哥說得也沒錯呀！振霖又沒做什麼，妳是有點反應過度了。」

「敏靜姊！」

蒂嘉一副委屈的樣子，從聲音中聽得出來，她有點不滿學長和學姊都幫我說話，而她叫完學姊，就用一種「都是你害的」的表情看我。

「呃……學長學姊，是我的錯啦，對不起……」

假如一句對不起可以換來輕鬆的用餐氣氛，我想我先道歉是很值得的，才在這麼想時，蒂嘉就笑了，「是你自己要道歉的，我可沒逼你喔！不要到時又說你受委屈了！」

我也對她笑了笑。開玩笑，大丈夫能屈能伸，道個歉又算得了什麼。

「你笑起來很好看耶！仔細一看，你滿帥的嘛！」

聽到她這麼一說，我竟然臉紅了。

「哈！哥！你看，他臉紅了耶！好好玩喔！」

這時，服務生端了一盤海鮮炒麵上桌，而我正要站起身去洗手間。

「學弟，你不吃嗎？」

「我去洗個臉。」

是的，我是要去洗臉的，爲了要洗去不知從何而來的燥熱，以及幫臉降降溫，直到從洗手間裡的鏡子中看到自己的臉時，我才知道爲什麼蒂嘉會笑得那麼開心，因爲我現在的臉，眞的紅得像關公一樣。

22

當我回到位置上時，學長正以令人害怕的速度吃著炒麵，一盤五人份的麵，我想光學長一個人就已經吃掉了三份。意外的，我面前的碗裡已經先留了一碗了，我想是學姊幫我留的吧！

「學姊，謝謝！」

「啊？謝我什麼？」

「呃？這麵不是妳幫我盛的嗎？」

「喔，你說麵喔！是嘉嘉幫你盛的，要謝的話就謝她吧！」

「呃，謝謝……」

「別謝我了，你自己看，我哥這種吃法，不先幫你留一碗的話，你今天晚上大概什麼東西都吃不到了！」

「拜託！我已經算吃得很慢了耶！難得妳請客來吃海鮮，我今天當然要撈夠本呀！不然平常讓妳欺壓了那麼久，我這做哥哥的眞是情何以堪呀！」

「是，你最好是能把我吃垮，吃到撐死都沒人理你！」

「誰說的，我要是眞的掛了，我親愛的老婆會傷心的！」

「那可不一定喔！」

「沒關係，妳比較狠心，那至少我還有學弟！」

「啊？」

「看你長得那麼好看，原來是同性戀呀！眞可惜！」

蒂嘉說著，邊用手撥了一下我額前的劉海，讓我剛剛原本已經順利降溫的臉又再度紅了起來。

「你怎麼那麼容易臉紅呀？」

「學弟，你感冒還沒好，該不會又不舒服了吧？」

學姊的手摸了摸我的額頭，又讓我冷靜了下來，奇怪了，爲什麼學姊摸我就沒事，而蒂嘉一碰到我，我就會臉紅？

「呵，哥，你看，好好玩喔！好像在變魔術喔！我一摸他他就臉紅，敏靜姊一摸他又變回來了！好好玩喔！」

正當我尷尬得說不出話來時，蒂嘉又接著問了，「你有沒有女朋友呀？」她一提到這個話題，大家就不說話了，而我……正在思考要怎麼回答時，學姊就說了，「有呀！他有一個女朋友！」

「眞的嗎？敏靜姊！從他的長相看來，應該不只一個吧！」

「笨妹！妳別看他長得一副像是會騙女生的樣子，其實他很專情的！」

「眞好，要是我也有這麼一個男朋友就好了！」

「咦？妳不是也有人在追嗎？」

「天啊！大哥！你說那個牛皮糖喔？別提到他好不好！我最近都快被他煩死了！一提到他我就有氣！」

「有氣？一個免費的司機要接送妳上下學還不好喔？」

「笨大哥！你以爲我沒事發神經想買車是爲什麼？要不是因爲他死黏著我，說要載我上下學，我也不會買車！」

「怎麼說？」

「敏靜姊，妳不知道有多少人想打那傢伙！他仗著爸爸是家長會會長，就騎機車上下學，教官也不抓他！他說不想讓我每天擠公車，就假好心地說要載我上下學，白痴也知道他是要趁機吃我豆腐！」

「豆腐？妳有豆腐可以給別人吃喔？」

「哥！你別鬧了！所以我才買車跟他示威呀！誰希罕坐他的破爛一二五！」

看樣子，蒂嘉還眞不好伺候呢！我想，要當她男朋友的人，一定要有過人的毅力吧！想到這，我覺得其實蒂嘉和學姊還有點相似呢！

「再說，他長得那麼醜！就算要交男朋友，我也要找個跟他同等級的！」

蒂嘉說著，拉住了我的手，我原本正在喝湯，嚇了好大一跳。

23

「咳！咳……咳咳！」

「沒事吧！振霖？」

「咳！我、咳咳……我沒事！」

蒂嘉的一句話，嚇得正在喝湯的我一跳，我還不小心嗆到，咳得眼淚都流出來了，但她竟然用一臉詭計得逞的表情看著我微笑。

「呵！沒想到你眞的那麼純情呀？一點小玩笑就把你嚇成這樣子。」

如果可以，我眞希望能趕快把這場「鴻門宴」結束掉，要是再給這小巫婆繼續鬧下去，我想我不死也剩半條命了。

「誰像妳呀！身經百戰的，身邊想採花的蜜蜂蝴蝶多得不計其數，趕都趕不完，殺都殺不死，生命力可媲美蟑螂，還眞是苦了妳喔！可憐的小妹。」

「哥！」

蒂嘉那「我不依」的表情與聲音又出現了。假如沒見過蒂嘉，我會把學長的話當成玩笑，但看到外表甜美可人的她，我相信她身邊的追求者，應該不會比學長所知道的少吧！雖然蒂嘉有點被寵壞的傾向，但對於別人的事，我通常是不予理會的，所以我還是繼續安靜地吃著桌上的東西。

「你平常就這麼沉默嗎？」

蒂嘉一手頂在桌上撐著下巴，歪著頭，並用那雙清澈的眼睛看著我，那雙眼睛，讓我想到了嘉欣，嘉欣的眼睛也一樣清澈動人，但和蒂嘉不同的是，嘉欣的眼神在望向遠方時，總散發出淡淡的哀愁，就像是望著遙不可及的幸福生活。

「我沒什麼事好跟別人說的，而且話說得再多，也沒辦法改變既定的事實，所以我不是很喜歡說話。與其說些沒有建設性的話，還不如動手做事。」

「那你女朋友還眞可憐。」蒂嘉沒注意她說這句話時我眼中一閃而過的傷痛，繼續說著，「跟你這悶葫蘆交往，一定很無趣！」

「嘉嘉，這妳就錯了，振霖他……」

「學姊，別說了。」

我打斷學姊的話，因爲不需要在一個才剛認識的人面前揭開我那不願回首的傷疤，更何況這小女生還未成年……我發現自己的矛盾。那爲什麼我會對 CHIE 說呢？CHIE 跟蒂嘉同年齡呀！

「小妹，妳該去結帳囉！」

學長對著一桌空盤子說。我們講話時，他早就將菜餚一掃而空了，而這句話也剛好化解了這有點尷尬的氣氛。

「哥，你是豬喔？那麼多菜，你竟然一聲不響地解決掉了！」

「是呀是呀！妳哥我現在可撐著了，想去海邊散散步說，親愛的小妹，等會麻煩妳開車載我們去看海吧！我好久沒到南寮了。」

「人家才買新車，你就把人家當司機！」

「不然呢？妳又不讓我開車。」

「大哥你最討厭了啦！我回去要跟媽講！說你欺負我！」蒂嘉嘴裡雖這麼唸著，但還是拿著印有 Snoopy 圖樣的錢包到櫃台結帳了。

「學長，你還要去海邊啊？」

「是呀！」

「可是現在去會不會不方便？」

是啊，學長要和學姊去海邊散步，那我跟蒂嘉不就是名副其實的超級電燈泡了嗎？

「不方便？怎麼會呢！你可以陪我妹走走啊！看樣子，她似乎不討厭你呢！她平常看到男生都像看到蟑螂一樣，恨不得把他們通通打死，可是我看她今天很反常唷，還會對你笑，可見她已經被你『煞到』啦！」

「呃……不會吧……」

「你不也是嗎？我第一次看到你在女生面前會臉紅的耶！怎麼樣，我們家的遺傳基因很不錯吧！」

學長這樣一講，我愣住了。的確，我這一年來都不曾這樣的，我最愛的人應該是嘉欣呀！

「OK！我們走吧！」

看著甩著Snoopy鑰匙圈的蒂嘉，我又想起嘉欣在夢裡跟我說的話。

「振霖，我已經死了，別再爲了我而把你自己封閉起來了，我相信你會找到比我更好的女孩子，把心放開，好嗎？我不值得讓你這樣過一輩子，已經有個比我更好、更值得你去愛的女孩子在你身邊了，不是嗎？

「用心去感覺，就像你用心對我一樣，你不難發現，有個女孩子正在等著你去愛她……

「振霖，她是……」

蒂嘉嗎？不，不可能！那我夢到穿著牛仔褲、白T恤的短髮女孩是誰？誰能告訴我？

24

從餐廳開車出發，其實不用五分鐘就到南寮了。但上車後我就沒有說話，腦子裡全都是嘉欣的話在那打轉。不！我不要！我不想去愛別人呀！嘉欣！

「你到底有沒有在聽呀？」

「呃？」

我被蒂嘉的聲音嚇一大跳，一轉頭，又和她的眼神對上。還好車子裡滿暗的，不然我敢打賭，她一定又要笑我了。因爲我很明顯感覺到雙頰燥熱了起來……我一定又臉紅了！

「那你想去哪裡？我哥他們已經下車了，我們車停在這裡當電燈泡不太好吧！我哥叫我們一小時後再回這邊接他們耶！」

一轉身，後座果然空空如也。學長和學姊不知道什麼時候早就下車談情說愛去了，這下可尷尬，我跟蒂嘉總不能大眼瞪小眼一個小時吧！

「我也不知道，隨便晃晃吧！我不常來海邊。」

「你不是也住新竹嗎？」

蒂嘉慢慢把車開離堤防邊，在港內找個地方停了下來。

「嗯！是呀！」

「那怎麼會不常來海邊呢？新竹能玩的地方那麼少，海邊應該算是比較常會來玩的地方吧！難道你跟你女朋友都不來南寮看海的呀？」

「我女朋友忙著打工，沒時間到海邊玩，雖然她一直很想來……」

「是喔！一次都沒有嗎？」

「嗯，一次都沒有，我都沒機會帶她出來好好玩過。」

「等我一下喔！我把頭髮綁起來，不然今天風大，頭髮一下子就吹亂了！等一下我們下車走走吧！好嗎？」

我點點頭代替了回答，看著蒂嘉把直細的頭髮紮成一束馬尾，果真是遺傳基因好嗎？我覺得蒂嘉不論是把頭髮放下來或是紮成馬尾都很好看。

「你下不下車呀？」

呃？我竟然光是看她綁頭髮就看到出神了。我只好紅著臉匆匆下車，才一下車，迎面就是一陣強風，害我差點就站不穩了。不過也幸虧這涼涼的海風，讓我原本紛亂的心平靜了不少。

「哇！風眞的好大喔！」

蒂嘉才一下車，海風就將她長長的頭髮吹得飛了起來，她笑著把吹到臉前的頭髮撥了撥，就隔著她的黑色 Corsa 問我，「我們去吃雪花冰好不好？」

「現在還有雪花冰嗎？」

我按了一下錶上的冷光鍵，錶面上顯示的時間是十點半。

「有啊！我剛剛開車過來，路上就有好幾家都還在營業呀！誰知道你剛剛在發什麼呆，好不好嘛？我想去吃雪花冰！」

「呃……走路去嗎？」

「耗時間嘛！不然吃個冰能吃多久？我們要發呆發一個小時嗎？」

「好吧，走吧。」

於是我和蒂嘉並肩而行，發現她的身高差不多只有一百六十公分吧！一路上她蹦蹦跳跳的，像小孩子一樣，不時還會哼著歌，好像很高興的樣子。

「對了，敏靜姊剛剛好像要說什麼，結果被你給打斷了。你是不是有什麼不可告人的事呀？」

聽著刨冰機刨冰的聲音，蒂嘉的聲音就像是從另一個世界傳來一般，有點虛幻。

「沒有，這事跟妳沒有關係，講出來只會讓大家尷尬而已，別問了好嗎？」

「眞的？好，那我不問了！」

蒂嘉看著我微笑，而我不自覺伸手摸了摸她的頭，就像是哥哥憐愛妹妹的心情。我也不知道自己爲什麼會有這種舉動，這幾天發生的怪事實在太多了！

「其實我很喜歡到海邊來唷！」

「跟男朋友一起來嗎？」

蒂嘉搖了搖頭，用白色的塑膠湯匙戳了戳保麗龍碗裡的冰，「我交過四個男朋友，但從來沒跟他們一起來過海邊！因爲我只有心情不好時，才會想來海邊，而且我喜歡一個人來，走一走，吹吹風，心情就會好很多！」

我靜靜聽著蒂嘉講話，有一口沒一口地吃著碗裡的冰。

「你是第一個跟我一起到海邊的男生唷！」

聽到這句話，我拿著湯匙的手停了下來，抬頭一看，發現蒂嘉正認眞地看著我。

25

我笑了笑，試圖不將蒂嘉的眼神放在心上。但事實證明這沒有用，因爲我在她眼中看到了一抹哀愁，和嘉欣望向遠方的眼神一樣，讓我不得不在意。但我還是試著轉移話題。

「妳才十七歲就交過四個男朋友啦，那爲什麼會分手呢？」

「說來話長，我們先把冰吃完再說好嗎？」

「呃，好呀……」

之後蒂嘉就沒再開口了，專心地吃著雪花冰，我也以最快的速度解決了碗中的冰，只希望能聽聽是什麼原因讓她有那種眼神。

「我的初戀是在十五歲的時候……」走在回港口的路上，蒂嘉輕輕地說著，聲音輕得彷彿眞的是從過往傳來的一般，模糊得不像是眞的，讓人有一種在聽童話故事的錯覺。

「十五歲？那不是才國中而已嗎？」

現在的小孩還眞早熟，我跟嘉欣開始交往時都已經快二十歲了，沒想到蒂嘉在十五歲就已經談過戀愛。

「其實，那時我自己也不太確定那是不是戀愛，直到現在想起來，才明白當時只是被制約了而已，你應該知道制約是什麼意思吧！」

我點了點頭，讓蒂嘉繼續說下去。

「我現在都覺得自己那時好笨，竟然就這樣被他給鎖住了。他是個佔有慾很強的人，自從跟他交往後，我身邊的朋友就在不知不覺中一個個疏遠了……等到我驚覺過來，才發現我身邊只剩下他一個人了。」

「爲什麼？妳整天都只跟他膩在一起，推掉所有跟朋友相處的機會嗎？」

「不，是他想盡了辦法孤立我，讓我在最後不得不依靠他，因爲我的身邊只剩他了。他也眞的很厲害，將我良好的人際關係破壞得蕩然無存，因此我在國三的時候可以說是自己一個人孤獨地過了半個學期。」

「可是妳身邊至少還有他吧！他不可能放妳一個人孤伶伶的吧！」

「我剛剛忘了說，他是我學長，我升國三時，他也畢業了。就算他沒畢業好了，你仔細想想，換做是你，你還會繼續跟這種人交往嗎？我只知道我自己不會！因爲我是嚮往自由的天秤座，我不會甘心就被他一個人管得死死的，尤其還是個刻意孤立我的人！」

「就因爲這樣，所以妳跟他分手了？」

「還有另一個原因。因爲他幾乎是一有空就會跑來找我，甚至瘋狂到蹺課跑到學校，只爲了見我一面，換成是別的女生，也許會感動得痛哭流涕吧！但是我不一樣，我討厭這種不理智的戀情，更討厭被監控的感覺。因此我當著我爸媽跟我哥的面，和他大吵了起來，還叫我哥把他趕走。」

「趕走？怎麼說？」

「因爲我說要跟他分手，他就跑到我們家門前又哭又鬧的，難看死了，我爸媽請他回去，他死都不肯走，後來我下樓去罵了他一頓，還把分手的理由說給他聽，以免他又說我無緣無故判了他死刑，最後就請我哥趕走他了！」

「也許是因爲你們都還小吧！搞不清楚愛情的定義，所以才會這樣。他後來沒再找妳了嗎？我想，按照妳的形容，他應該不會就這樣打退堂鼓了吧！」

「當然不會，不過後來我都叫我爸接我上下學，因此他也沒什麼機會接近我，連他的電話我都擺明了不接，他也慢慢死心了。」

走回港口，蒂嘉剛好把她的初戀說完了。她抬起頭來，望了望天空，輕輕地嘆一口氣，並用左手扶住了我的肩膀，右腳高高抬起，把地上的石子往前用力一踢，在兩秒的寂靜後，只聽到石子「撲通」一聲落入海裡，就隨著漸漸變小的漣漪沉入了海底。

「過了兩年，我終於把這個煩惱丟掉了！」

「呃？妳之前都沒跟別人說過這件事嗎？」

「說了呀！但都是輕描淡寫地帶過，今天跟你說的還比較仔細呢！」

「可是我們今天第一次見面耶！妳會跟不熟的人講那麼私人的事嗎？」

「就是因爲不熟，所以才敢講呀！我看你的樣子，以後應該也不會和我有什麼特別的交集吧！因此我才會說給你聽啊。而且，你好像也有什麼心事的樣子，可以的話，也說來聽聽吧！說出來心情會好一點唷！」

我笑著搖了搖頭，也從腳邊隨意撿了一顆石頭起來，用力拋向大海。

「我的事，眞的沒什麼好說的。」

蒂嘉坐在岸邊用來綁船繩的矮鐵柱上，眼神望向黑暗的遠方，似乎正思考著什麼重要的事情。

「妳願意繼續說妳那轟轟烈烈的戀愛史嗎？」

「轟轟烈烈？」原本一直望著遠方的蒂嘉聽到這句話，對我苦笑了一下，「是呀！是很『轟轟烈烈』沒錯，戰況都激烈到讓我變成前線的『砲灰』了！」

聽著海浪拍打著岸邊的聲音，蒂嘉也開始說起了她第二次戀愛。

26

「第二次的戀愛其實滿慘的，我談戀愛眞的是一次比一次慘，因爲每次都有不同的教訓！」

我坐在與蒂嘉相鄰的矮鐵柱上，與她僅僅只有一公尺多一點的距離，而我們也很有默契地同時看著倒映著路燈燈光的海面。

「你知道嗎？我在談戀愛之前，一直都認爲小說裡說的事是眞的。」

基本上，我是不看愛情小說的，所以也不清楚那種小說裡寫的是些什麼內容。不過大概可以想得到，應該比童話故事還誇張吧。

「自從我談過戀愛，才知道原來完全不是這麼一回事，小說太美、太不眞實了。也因爲這樣，所以才會有那麼多人將精神投入其中，追尋幾近完美的戀愛模式。雖然明知道那些都不是真的，卻還是情不自禁地沉迷其中，我也是其中一個。」

「小說呀？爲什麼女生都那麼愛看那些東西呢？」

「我剛剛說過了，因爲裡面的愛情模式已經可以用『完美』兩個字來形容。就是因爲不可能有那種戀情發生，才更令人嚮往呀！就是因爲這樣，我第二個男朋友，就找了一個年紀跟我相差很多的人。」

「差很多？差幾歲叫做差很多呀？」

「那時我十五歲，快滿十六歲，那個人已經三十二歲了。」

「天啊！那不是差了快整整一倍嗎？」

蒂嘉點了點頭，目光還是放在遙遠漆黑的海面上。我不得不承認，雖然年齡不是問題，但我現在很想知道蒂嘉是怎麼認識那個男人的。

「還有讓你更想不到的呢！他是我們學校的老師。」

說完這句，蒂嘉才把頭轉過來望著我，似乎想透過我的臉注視著某人一樣。一時之間，我竟說不出半句話，任憑蒂嘉就這麼盯著我看。

「他和你一樣，長得斯斯文文的，從他的外型根本看不出他是老師，反倒比較像是大學生。在學生眼裡，他就像個大哥哥一樣，每個人都喜歡親近他，跟他可以說是無話不談，而女學生更是瘋狂地喜歡著他。因爲他未婚，長得又高又帥，你應該可以想像一群國中小女生恨不得當他女朋友的情形吧！」

「那妳是怎麼跟他在一起的呢？」

「那是在我第一個男朋友對我還沒死心時發生的事。那天，學長突然衝進教室，想強拉我出去。那時全班都傻眼了，誰知道上課中會有個人突然衝進來。而我當然敵不過學長的力氣，就在快被拉出教室時，老師來幫我解圍。事後老師問了我原因，我當然也都跟他說了，我想，我就是在那時喜歡上老師的吧！不過，僅限於單戀……」

「他不知道妳喜歡他嗎？」

「他只把我當學生看而已，但我那時才知道，原來喜歡人是這麼一回事，會在不知不覺中開始天天想著他，卻不敢說出來，雖然在學校都見得到面，可是但那種無法把喜歡的思緒表達給對方知道的情況，是很令人難受的。那時我只差一個月就要畢業了，於是我決定要向他表白！」

「我想，師生戀……應該不太可能吧！」

而且蒂嘉跟她老師的年齡差那麼多，就算開始交往，後續要面對那些接踵而來的問題，應該也會使兩個人的戀情夭折吧！特別是這種毫無基礎的愛情……

「你猜對了！從頭到尾，都是我在自作多情罷了！雖然他對我比對其他學生還要來得照顧，但是就是這樣，才讓我有了那種『老師也喜歡我』的錯覺。結果我還沒告白時，希望就破滅了。因爲有一天我去辦公室找老師時，他剛好在看皮夾裡的照片，而且還拿給我看……」

「他女朋友的照片，對吧！」

我輕輕嘆了口氣，誰說小說式的情節不會在現實生活中發生呢？其實小說才是反映及諷刺現實生活的最佳產物呢！

「嗯，他女朋友很漂亮。那時我回家後，有整整三天都不想去上課，晚上還在被窩中偷偷哭，畢竟，我眞的眞的很喜歡那個老師……」

蒂嘉說完，眼眶就紅了起來，而我的心，沒來由地刺痛了一下，和嘉欣在我面前訴苦同樣的感覺。

「呃，我們該去找學長他們了吧！已經過一個小時了，說不定他們在等我們呢！」

我緊張地想化解這沉悶的氣氛，而錶面上顯示的時間，也剛好快到跟學長他們約定的時間。只見蒂嘉又撿起了一顆石頭，用盡全身力氣丟出去，因爲力量過猛而站不穩。正當蒂嘉差點跌入海裡時，我趕緊衝了過去……

「小心！」

是錯覺嗎？拉住蒂嘉的手那一剎那，我好像看到了昨晚拉住那短髮女生的夢，那個我被甩了一個耳光的夢。

嘉欣死後，這還是我頭一次這樣抱住一個女生……一陣海風吹來，蒂嘉的髮絲也隨風飛舞了起來。而面對面抱著她的我，隱約可以聞到淡淡的洗髮精香味。一時間，竟浮現了一個不怎麼想放開她的想法，同時心裡也納悶著，爲什麼我今天看到女孩子都會想到昨晚的夢呢？

「妳沒事吧？」

想歸想，我還是放開蒂嘉了，因爲似乎感到有某種罪惡感在警惕著我。雖說是一時情急才抱住她，但一想到嘉欣，我就自責剛剛實在不該有這種念頭。而蒂嘉紅著臉，把頭壓低到不能再低了。

「嗯……走吧！去找我哥他們了……」

說完，她就拿著車鑰匙，匆忙地往停車的方向跑去，剩我站在原地，也學蒂嘉撿起了一顆石頭，輕輕丟入了海中。

「如果過去的種種事情，眞的能夠用這種方式來讓人釋懷的話，那就好了……嘉欣，是不是呢？」

我上了車之後，蒂嘉一句話也沒說，等我們找到學長和學姊時，都已經快半夜了，仔細一看，來海邊的情侶還眞是不少，堤防上三步一崗五步一哨的，都是成雙成對的背影，讓我又想起剛剛抱住蒂嘉的畫面……

「笨妹，你們剛剛去哪裡了呀？」

一上車，學長就語帶曖昧地問蒂嘉。我想學長應該是看到我跟蒂嘉的臉都紅得像蘋果一樣，所以才會這麼問的吧！

「沒有呀……就在海邊坐著聊天嘛。」

「那妳的臉怎麼那麼紅？學弟也是。學弟我還可以理解，他被妳整就會臉紅，但妳這臉皮厚到原子彈都打不穿的人，沒事跟別人臉紅做什麼？」

「哥！」

蒂嘉又開始發出「我不依」的叫聲了，不過這次的叫聲夾帶著一點點的害羞，是我聽錯了嗎？怎麼蒂嘉的語氣聽起來像是被人說中什麼心事一般？

「呃？我有說錯什麼嗎？」

「……」

「好啦！時間也不早了，我們也該回去了，先載妳敏靜姊回去吧！」

「那他呢？」

我知道蒂嘉是在指我，她還不知道我家就在學姊家隔壁。

「笨妹，他跟敏靜住同一個地方啦！一起送回去就好了！」

「你不說我怎麼會知道！我今天第一次見到他耶！」

蒂嘉索性嘟起了嘴，一副氣鼓鼓的樣子，加上紅紅的臉頰，一時間，竟讓我想到了某種青蛙，那種青蛙只要一生氣，也會把鳴囊漲得鼓鼓的，以達到威嚇敵人的作用，我忍不住笑了出來。

「你笑什麼！」

「呃，沒有……沒什麼。」

被蒂嘉用那種幾乎會把人生吞活剝的表情瞪著，我想應該不會有哪個白痴還在這時去惹她吧！尤其我人還坐在她的愛車上，我可不想再坐一次雲霄飛車。

「眞的？」

「眞的！眞的！」

我趕緊答腔，並誇張地用力點頭，好讓蒂嘉相信我沒有在笑什麼，雖然……我是在笑她像青蛙，但我現在如果這麼說，百分之三百會被踹下車。因此，我說完，就趕緊把頭轉向另外一邊，把注意力轉向窗外，不然再笑下去，蒂嘉八成會罵我是神經病。

「振霖，你跟吳媽媽說過你要回家嗎？」

學姊都叫我媽媽「吳媽媽」。由於我媽只生了我這麼一個不成材的兒子，所以特別疼學姊，也特別疼嘉欣，因爲她一直很想要有個可愛的女兒……

「我打過電話回去了，我媽說會幫我等門，他們也沒那麼早睡。」

看到自己離家愈來愈近，心情不知怎麼的，有點複雜，但也異常地平靜。直到蒂嘉把車停在學姊家門口，我才發現自己心跳得好快，而爸媽好像因爲聽到了車聲，也走出來看是不是我回來了。我只感到鼻頭一酸，眼淚就差點掉了下來。

「那振霖，明天見囉！」

學姊跟我媽閒聊了一下，就拿著包包走進她家，而爸媽雖然沒跟我說什麼特別的話，但我看得出來，他們很高興看到我回來了。

「那我們要走囉！」蒂嘉隔著車門朝我揮了揮手，笑得很甜。

「嗯！今天很謝謝妳，Bye Bye.」

「呵，別客氣，因爲我們一定會再見面的！」

蒂嘉才說完，油門一踩就把車開走了，留下我在原地摸不著頭緒。我們一定還會再見面？什麼意思？看著漸漸遠去的紅色後車燈，蒂嘉的黑色 Corsa 在路口轉個彎就消失了，而剛剛那句話，還一直迴盪在我心裡。

眼睛一睜開，一時還反應不過來，我自己都差點忘了昨天已經回新竹了。走出房間，媽媽正在廚房裡準備早餐，而爸爸也跟往常一樣，坐在客廳的沙發上看著早報，以前都沒注意到，這從小看到大的景象，竟是如此溫馨！

當我準備走進浴室刷牙洗臉時，電話就響了。我先是嚇了一跳，因爲家裡的電話從來沒那麼早就響過，接起電話時我更是吃驚，因爲是蒂嘉打來的！

「呵呵，早呀！沒想到你那麼早起！」

「呃，妳怎麼知道我家的電話？」

「問我哥的呀！你今天有空嗎？」

「今天喔……我想在家陪我爸媽聊聊天耶。」

「是喔。」蒂嘉的聲音一下子沉了下去，聽起來有點落寞。

「找我有什麼事嗎？」

「因爲我哥今天要跟敏靜姊出去玩，又要我當司機，我可不想一個人在那當電燈泡，當然要拖另一個人下水啦！」

「他們有說要去哪裡嗎？」

「我哥說他們要去逛街看電影，叫我問你要不要一起去。」

「不然下午好嗎？我難得回來一次，早上想在家裡。」

「下午當然可以呀！就這麼說定了喔！」

「那等你們來接學姊時再說吧！反正我就住她家隔壁而已。」

「嗯！那就先這樣，拜拜！」

「Bye.」

才剛掛掉電話，媽媽就叫我和爸爸吃飯。我趕緊進浴室梳洗，出來後，等著我的是一桌許久沒吃到的清粥小菜。只聽到媽媽邊幫我盛粥邊唸著，什麼我在外面都不懂得照顧自己，瘦了好多等等的，以前總覺得媽媽的叮嚀實在很囉唆，但真正自己在外面獨立生活過，才覺得這些都是媽媽出自真心的關懷。

滿懷感觸地吃完早餐，自然是陪爸爸坐在客廳裡喝茶聊天了。不過，聊天時我一直想到蒂嘉，這種感覺，真的是說不出的怪，我沒事想她做什麼？

「吳媽媽早呀！」

接近中午時，學姊來了，而且難得看到學姊穿裙子。說真的，學姊打扮起來很漂亮，也不知道學長是怎麼想的，老是喜歡看別的女孩子！

「學姊，妳下午要跟學長去看電影呀？」

「對呀！嘉嘉說要我找你一起去呀！」

學姊一臉神祕，似乎是等著看什麼好戲一樣。而我心裡毛毛的，有種即將被整的感覺……

「振霖，說眞的，你覺得嘉嘉這女孩子怎麼樣？」

「蒂嘉？學姊妳怎麼會突然這麼問？」

「我跟你學長都覺得你跟嘉嘉很像，所以想知道你們彼此的感覺呀！」

「我跟蒂嘉很像？那更奇怪了，我哪一點跟她很像了？」

「我們所說的像，是指你們看待愛情的態度，也許你自己沒發覺，但我跟你學長都覺得你們對愛情是冷淡且消極的，你認爲呢？」

學姊這麼一講，我想到昨晚在海邊時蒂嘉所說的事。但會讓我們變成這樣的原因並不相同，我是因爲太愛嘉欣，不願再接觸愛情，而蒂嘉則是因爲在愛情上經歷了太多的挫敗，才不願相信愛情的吧！

「其實你跟嘉嘉都不錯，所以我跟你學長想撮合你們兩個，但不知道你對嘉嘉的感覺如何？」

「我、我不知道。」

「我很了解嘉嘉，也看得出她不討厭你。振霖，她是個好女孩，問題是你能接受她嗎？」

我沉默了很久，因爲我正認眞地思考著這件事情。蒂嘉給我的感覺，爲何我不論再怎麼去回想都無法明確地想起？我對她的感覺又是如何？我承認我對蒂嘉是有點動心，但要我跟她成爲男女朋友，似乎不太可能……

「學姊，感情的事不能強求的，不是嗎？」

學姊聽到我這麼說，先是愣了一下，隨即又點了點頭。

「這我當然知道，可是你……」

「學姊，不用再說了。」

學姊話還沒說完。我就先打斷她了。因爲我很清楚學姊接下來會說些什麼，而學姊應該也很清楚，當我說出不能強求時，也就是我不想再談下去的時候了。

「好吧，既然你都這麼說了，我也不勉強，但你不能跟嘉嘉說這件事喔！因爲這只是我自己私下問你的，嘉嘉並不知道，好嗎？」

「我知道。」

「好了，去換件衣服吧！他們應該也快到了。」

我點頭後，就進房間換衣服了。而我進房間第一眼看到的，就是嘉欣的微笑。

「嘉欣，我該怎麼辦？不要逼我去愛別的女孩子好嗎？我只想愛妳啊！」

照片中，嘉欣依然對我展露著微笑，我的心，卻已經開始動搖了……

28

「振霖，你好了沒？」

學姊敲門的聲音，把我的思緒從遠方給拉了回來，我才發現我拿著嘉欣的照片發呆了足足有十分鐘之久。隨便回了學姊一聲，我就以最快的速度換上T恤及牛仔褲，拿了件長袖襯衫才出房間。

「你怎麼換個衣服換那麼久？」

「沒……剛剛突然想到一件事情，一不小心就想得出神了。」

學姊似乎看出我的煩惱，便拍了拍我的臉頰。「別太在意那件事，我知道我們講的話你都聽進去了，也花了不少時間思考，決定權還是在你手上，懂嗎？」

我沒有回話，學姊給了我一個鼓勵的微笑。就在這時，學長和蒂嘉也到我家門口了。

「學弟，等一下你帶我妹到處走走好嗎？陪她隨便在市區逛一逛，等我跟你學姊看完電影我們再會合。」

才上車，學長就在我耳邊悄悄說著。學姊跟蒂嘉正聊著天，所以並沒有注意到學長對我說了些什麼，如果是平時，我自然會毫不遲疑地答應。但聽過學姊的那番話，我不禁懷疑學長是否在爲我和蒂嘉製造獨處的機會。

「可是不是說好要一起去看電影嗎？」

「我跟你學姊要看的是文藝愛情片耶！你又不看那種片子，我那笨妹妹也不喜歡看，與其要你們兩個進去發呆受罪，還不如讓你們自己到處去玩！」

「可是……」

「別可是了！就當幫幫我的忙，幫我照顧一下我那難纏的妹妹吧！」

學長都這麼說了，我還能說些什麼呢？眼看車子離百貨公司愈來愈近，我才開始後悔今天答應蒂嘉陪學長他們出來。

「笨妹，把車停在麥當勞前面就好了，我跟敏靜先下車買票，振霖會陪妳去找停車位。」

「我就知道，難怪你死都不自己開車出來，硬要我開，每次都要我自己去找停車位，你不知道市區很難停車嗎？」蒂嘉雖然這麼抱怨著，還是乖乖地把車停在麥當勞前。

「嘿嘿，就是知道難停才會叫妳開車呀！笨妹！」

學長笑著，無視蒂嘉氣鼓鼓的樣子，逕自帶著學姊下車。而我也很清楚，從這一秒開始，我就要成爲蒂嘉的「臨時褓母」了！

「妳等一下想去哪裡嗎？」

車子再度移動時，我這麼問著蒂嘉，因爲我很少逛街，更不曾帶著一個小妹妹出來玩，所以實在不知道該帶蒂嘉去哪裡好。

「嗯？不就是跟我哥他們一起看電影嗎？」

「呃，事實上……」我把剛剛學長說的話再說了一次給她聽，只見蒂嘉漂亮的眼睛瞪得大大的，隨即開始罵起學長。

「笨老哥！臭老哥！竟然就這樣放我鴿子！回去我要是沒讓他給老爸修理的話，我曾蒂嘉的名字就倒過來寫！」

呃，基本上，我想她就算把名字倒過來寫，學長也是不痛不癢的吧！而且現在似乎也沒有人會說要把自己的名字倒過來寫了。看著正在氣頭上的蒂嘉滔滔不絕地罵著學長，我暫時也不太敢插話。

「呃……這麼討厭跟我相處嗎？」

待她罵到一個段落，我忍不住這麼問她。我吳振霖雖然不是多討人喜愛，但也不至於討人厭吧！

「我、我不是那個意思啦！」

蒂嘉的雙頰紅了起來，也把視線往正前方調整。我不能否認，她這個樣子實在很可愛，我竟不自覺看得出神了。

「你幹麼一直盯著人家看呀！」

蒂嘉的聲音嚇了我一跳，等我回神，才發現她早就停好車了。

「我……沒有呀！」

「還說沒有！你要不要照照鏡子？你的臉都紅了說！」

「妳自己不也一樣臉紅了，我還以爲只有我會臉紅呢！」

我才說完，蒂嘉就不說話了，在車子裡這小小的內部空間中，擋風玻璃將外面吵雜的聲音都完全隔離開來，剩下紅著臉的我們，以沉默來應付這尷尬的氣氛，而愈沉默似乎只會愈尷尬而已。

「走吧！我們先去吃飯吧！」

蒂嘉邊拔出鑰匙邊這麼說，我只是點了點頭，就自動地下了車。現在不管去哪裡都好，我只希望剛剛那種尷尬的場面別再出現了。

「妳想吃什麼？」

「你不討厭吃日本料理吧？這附近有家日本料理，東西很好吃，我從小吃到大喔！」

「都好，我不知道地方，妳帶路吧！」

說完，蒂嘉竟牽起我的手開始往前走。這隻手跟嘉欣的手握起來感覺完全不一樣，是那種沒做過家事，柔軟且滑嫩的手。不知道爲什麼，我的心跳急促了起來，彷彿要衝出胸口一般撞擊著我的靈魂。

29

自從下車後，除了吃飯之外，只要走在路上，蒂嘉都會很自動地牽著我的手，而且幾乎都是她拉著我到處走，因爲我根本就不知道該去哪裡，只好任由蒂嘉隨便亂走了。

現在，我就坐在中興百貨四樓的電動玩具場裡。她高興地打著轟炸超人，而我手上正拿著兩杯大杯的綠豆沙冰。唉，學長呀學長，你怎麼沒跟我說你妹妹是這麼精力旺盛啊？打了兩小時的電動，竟然一點都不累，我在旁邊又是飲料又是代幣地伺候著，光是看她打就快累死了！

「在想什麼？」

蒂嘉拿了一杯綠豆沙冰快樂地喝著，因爲她又過關了。老實說，我一向對電動這玩意沒轍，不過看得出來，我眼前的女孩子，打起電動來可不輸男生。

「沒有，我在想，學長他們不是說看完電影就會來找我們嗎？怎麼到現在都還沒有打妳的手機？」

「別管我那臭老哥了啦！他是那種有異性沒人性的人，不到要回家的時間，他是不會打電話給我的！」

天啊！等到學長想回家的時間？那不就是半夜了嗎？不會吧！

「妳不是有妳哥的手機號碼嗎？打個電話問他們現在在哪呀！」

「嗯……等一下嘛！我只剩一條命而已了！我可不想在這關死掉！」

蒂嘉依然專注地盯著螢幕看，手上也忙碌地操縱著黑色的轟炸超人在畫面上走來走去。我只能嘆了一口氣，乖乖地坐在旁邊等她打完。

「啊！好過分！竟然兩隻一起包圍我！」

隨著蒂嘉的慘叫聲，我只看到螢幕上浮起了「GAME OVER」的字樣，這離剛剛她說完「不想在這關死掉」，也才過了十秒鐘……

「那可以打電……」

「走！我們去玩賽車！」

我話還沒說完，就被蒂嘉拖著去玩賽車了，這次不論我怎麼推託，她就是硬要我陪她一起玩，我只好無奈地坐上了駕駛座，跟著蒂嘉一起投下代幣。

這個賽車遊戲的車，造型都很可愛，按下排檔桿上的鈕，還可以丟東西攻擊其他車子，大概知道怎麼玩之後，我就選了一輛兩個老頭子開的吉普車，而蒂嘉選了一個小女生跟一隻小狗一起開的小轎車。

「要不要我單手讓你呀？」

蒂嘉自信滿滿地笑著，可見她對這款遊戲有十足的把握，有把握可以單手把我這不會玩電動的「肉腳」給幹掉。

「不用了，開賽車我還會一點點，應該不會輸得太慘吧！」

只見蒂嘉眼中的笑意更深了，看著畫面上倒數的數字，我握緊方向盤，在開始的字樣出現後，一口氣將油門踩到底，我的車馬上就衝了出去。太好了！一開始就領先，我自己都忍不住微笑了起來。

「呵呵，開在前面要小心喔！」

「啊？什麼？」

我還沒搞清楚蒂嘉在說些什麼，就看到畫面上一堆東西往我車上砸來，有炸彈、香蕉皮、汽油桶、保齡球等等……

「天啊！這是什麼？」

我開始慘叫起來，也開始慌亂地用方向盤控制著車子，左閃右閃的。但是「碰」一聲，我還是被炸彈給丟到了，而且後面的車還追撞上來，把我的車撞得爛爛的，害我的名次一下子從第一名掉到了第十名……

「呵！我就說吧！不好意思，剛剛炸到你的那個炸彈是我丟的！」

「妳怎麼會有東西可以丟？」

「畫面右邊不是有一排東西嗎？你按下排檔桿上的鈕就可以丟出去了呀！」

我看了一下畫面，果然有滿滿一排的「傢伙」。反正都已經落後了，就開始亂丟吧！才想完，我就死命按發射鈕，一口氣把庫存的武器都丟出去。但是不知道最近是忘了燒香還怎樣，竟然全部「槓龜」，而我的名次也只提高了一名，只好眼睜睜看著蒂嘉的車衝過終點，而我的車馬上在原地解體。

「我就說吧！走在前面是很危險的！」

蒂嘉得意地拿起了放在一旁的綠豆沙冰，邊對我微笑著，邊喝了起來。

「啊！那杯是我的……」

我才說完，蒂嘉就愣住了，臉上只有錯愕的表情。

「我拿錯了？」

我點點頭，一臉沉痛，對！就是妳喝了我的綠豆沙冰！

「那大不了我那杯給你嘛！」

蒂嘉拿起了原本她喝的那杯塞到我手中，這次錯愕的變成是我了……

「怎麼這副表情，難不成我的口水有毒嗎？」

「沒、沒有……」

「那你喝呀！我賭你不敢喝！」

唉，這小妮子，眞拿她沒辦法。爲了證明她的口水「沒毒」，我只好對著吸管，狠狠吸了一大口沙冰，還沒完全吞下去時，我腦中突然閃過了一個問題，我們這樣，不就是等於間接接吻了嗎？

30

吞下那口沙冰，看著蒂嘉還含著我吸過的那根吸管，我的眼神竟然就定在她漂亮的嘴唇上，臉也紅了起來。

「你怎麼了？你還是想喝你自己這杯喔？不然幹麼一直盯著我看？」

「沒、沒什麼！」我心虛地回答著，顯然蒂嘉完全沒有想到我剛剛所想的事。但是一看到蒂嘉的臉，我的臉又更紅了。

「等一下你想去哪裡？今天是週末，我們去逛花市好不好？」

「妳說好就好了，我也很久沒逛花市了。」

「嗯，那就走吧！快把沙冰喝完吧！」

蒂嘉開始努力地喝著沙冰，我則是懷著複雜的心情，靜靜地把沙冰喝完。

「你喜歡去花市逛嗎？」

蒂嘉在電梯裡問我，她的手還是很自然地牽著我的手，而我的腦中卻一直浮現出「間接接吻」這四個字。

「還好，上大學後就很少去了。」

「是喔，我最喜歡去逛花市了！那邊有好多好吃的東西，小時候我媽跟我爸常常帶我去喔！」

「因爲不常去，我對花市倒沒什麼特殊感覺。」

「呵，那你的童年是黑白的囉？」

「……」

「怎麼了？」

「黑白呀，我想我的人生早就變成黑白的了……」

「爲什麼？」

「沒什麼，走吧！」

電梯到了一樓，我也不再多說，畢竟蒂嘉的心情到目前爲止還算不錯，我不想在這時提到嘉欣的事來壞了她的心情。

「眞的不說？」

走到停車的地方，蒂嘉這麼問我。我只笑著摸了摸她的頭，像是哥哥疼愛妹妹的那種舉動。我也不知道爲什麼自己又有這種動作，我只知道，她的眼神很像嘉欣，那種像是期待著什麼的眼神。

「眞的想知道？」

「當然囉！不然我幹麼問你。」

「呵，不告訴妳。」

「哪有這樣的！你在耍人嘛！」

蒂嘉又開始露出那種「我不依」的表情，顯然她想用撒嬌的方法套答案。

「先去花市再說吧！我不想在這時候談不愉快的事，好嗎？」

我說完就坐進車裡，蒂嘉也沒再多問些什麼，還是跟剛剛在電動場裡一樣地跟我談笑。不知不覺就到了花市，蒂嘉看到花市時，眼中的興奮完全藏不住。

「哇！人好多喔！車也好多！都找不到停車位！」

蒂嘉嘟起了嘴，看得出她已經迫不及待的想衝下車去逛了，我也只好幫她看看路邊是否有停車位。

「怎麼辦，都停得滿滿的，找不到位置耶……」

「假如妳不怕累，就把車子停遠一點吧！我們再慢慢走過來就好。」

「嗯，也只好這樣了。」

說完，蒂嘉就把車停到離花市遠一點的路邊，然後我們兩個就這麼走到花市。蒂嘉就像個興奮的小學生一樣，用著小跳步，高興的往花市的方向蹦蹦跳跳的走著，不知道快樂是不是有傳染性？看看掛著甜美笑容的蒂嘉，我的心情也開始輕鬆快樂了起來！

「對了，我該怎麼叫你呢？總不能你呀喂的隨便叫吧！」

「怎麼叫？大多數的人都直接叫我振霖呀！妳也可以這樣叫我。」

「直接叫名字呀？不太好吧，而且我不喜歡跟別人一樣！」

「那妳說妳想怎麼叫，隨便妳囉！不過是個稱呼，妳愛怎麼叫就怎麼叫吧！不過，這麼一說，那我又該怎麼叫妳呢？」

「看你呀！你可以跟敏靜姊一樣叫我嘉嘉。我只讓熟人這樣叫我唷！」

「為什麼？」

「因為叫嘉嘉好像在叫小孩子喔！我都快滿十八了耶！敏靜姊叫起來是還好，但是我哥叫就好像在叫小孩子，我不喜歡！」

蒂嘉嘟起了嘴，我看著她這可愛的模樣，也只有對她笑了笑。

「嘉嘉叫起來很可愛呀！而且對我們這年紀的人來說，妳的確還是小孩子沒錯！不然我還是直接叫妳蒂嘉就好了。你想到要怎麼叫我了嗎？」

「小霖霖！」

「呃？」

「我以後就叫你小霖霖好了！」

「我的大小姐，妳不覺得這稱呼比較像在叫小孩子嗎？」

「我不管！我決定了！我就是要叫你小霖霖！而且只有我能這樣叫你！」

「好吧！只要妳高興就好。」

「嗯！」

蒂嘉滿意地點了點頭，高興地拉著我在花市裡逛，玩遍了所有能玩的東西，吃到再也吃不下東西時，也已經是夕陽西下的時間了。

「對了！你放假不陪你女朋友，她會不會生氣呀？」

蒂嘉突如其來的一句話，讓我的腳步停頓了一下

「不會，她很少生氣的。」

我對蒂嘉笑了笑，卻看到了她眼中閃過一絲不悅……

「是喔……那她很漂亮囉？」

「嗯，對我來說，她是最好的，當然還有很多條件比她好的女孩子，但是她到現在依然是我的最愛。」

說完這句話，蒂嘉就不出聲了，但我能感覺她握住我的手稍稍收緊了。

我們就這樣靜靜地往停車的地方走去。明天，就要回中壢了，一切都會回歸於平靜吧！至少我的心會平靜些。對了，回學校後還得向學妹道歉，我的心裡這麼盤算著，只希望一切都能跟我所想的一樣……

星期天，天氣不太好也不太壞，剛剛蒂嘉不捨的表情還彷彿在我眼前一般，但我不知道她的不捨是爲了誰，是爲了學長學姊？還是我可以不要臉地認爲她的不捨是爲了我？

「不可能吧！」

嘴角輕輕揚了起來，忍不住在嘲笑自己矛盾的心境，明明不願意再碰觸愛情，但爲何對蒂嘉會存有那麼一點點不確定的感覺？是愛情嗎？還是很單純哥哥疼愛妹妹的那種感情呢？我只知道，我們上車前，蒂嘉臉上的失落及不捨，讓我的心微微刺痛，我也不禁希望她是爲了我……

「學弟，快到了喔！」

學姊輕輕拍了拍我的肩膀，並把我的背包塞進我懷裡，然後由學長架著我下車，就這樣被莫名其妙地「押」下車後，我才突然清醒了過來。

「學姊？」

才一出聲，學姊就指著我的鼻子開始劈里啪啦地唸了起來，「你喔，最近都這樣失神失神的，好像中邪了一樣，是不是幾天前的高燒把你的腦袋燒得『秀斗』了呀？要是剛剛沒叫你的話，我看你就算坐到了花蓮也不知道要下車！」

「學姊，我沒事啦！只是剛剛想了一些事想到出神。」

「什麼事讓你這樣三番兩次想到出神呀？你這幾天出神的次數也未免太多了吧！有時還讓我有一種你靈魂已經出竅的感覺呢！」

學姊還要說些什麼時，學長適時地乾咳了兩聲。正當我慶幸學長要幫我解圍，沒想到接下來的話才眞的讓我跌破眼鏡。

「學弟呀，他一定是戀愛囉！」

「學長，你別開玩笑了，這怎麼可能嘛！」

「不然呢？你敢說你剛剛在車上沒想女生？」

「呃？這……」

「看吧！被我說中了吧！」

「那也不一定呀！嘉欣也是女的呀！」學姊插了一句話。

「哎唷！我是說嘉欣以外的女生啦！妳這女人家懂什麼！我們男人的心事還是只有男人才能了解的！」

「我跟振霖從小一起長大，我不相信你會比我了解他！」

看著學長跟學姊快吵起來的樣子，我趕緊出聲，以免他們在中壢車站前大打出手。

「那個……學長學姊，我有點累了，我先回去休息好了，有事再打電話給我，就先這樣囉！拜拜！」

話才說完，我就趕緊離開了。我可不想呆呆地傻在那，等著變成這場激烈戰爭中的犧牲品——「砲灰」！

「學長？」

才走到停摩托車的地方，身後就傳來一個好像在哪裡聽過的聲音。當我疑惑地轉過頭去，就看到一個兩手都提著袋子的女生，那個女生不是別人，就是我回新竹那天在學生餐廳被我罵的學妹！

「學妹？」

「學長，那天很對不起……因為我平常都聽學姊她們在說那些事，所以才會問你那種話，我並不是故意要惹你生氣的！」

「呃，哪裡，我想我才該道歉，很抱歉那天讓妳那麼尷尬，我不應該反應那麼激烈的，真的很對不起！」

我下意識地搔了搔頭，而低著頭的學妹一抬頭看到我的動作，噗哧一聲笑了出來。

「呵呵，沒想到學長也有那麼可愛的一面！」

「可愛？會嗎？」

「會呀，平常學長都酷酷的不說話，很嚇人呢！」

「我不知道我給人的感覺是這樣……」

「看來我要對學長改觀了！」

「呃，別離題了，妳願意接受我的道歉嗎？」我伸出我的左手，表現出要和解的樣子，只見學妹愣了三秒鐘，才伸出了左手來握住我的手。

「要是被學姊她們知道我握過你的手，她們一定會要我一個月不洗手，天天照三餐握吧！」

「我又不是明星，應該不會吧？」

「你不知道你是我們學校很多女生心目中的最佳男朋友嗎？」

我搖了搖頭，看學妹提起剛剛放在地上的那兩袋東西，袋子是不透明的，我看不出來裡面裝了些什麼，不過看起來不輕就是了。

「學妹妳住哪裡？我載妳回去好了！」

「我就住學校宿舍呀！」

「要是妳沒遇到我的話，妳準備怎麼回去？有人載妳嗎？」

「坐公車呀！公車有開進學校不是嗎？」

「可是下車到宿舍還有一段路，路程不算短耶！妳的東西看起來不輕，等妳走到，也差不多手軟了吧！」

學妹沒說話，只是笑了笑，於是我發動了車子，主動把她手上那兩袋東西拿來放在腳踏墊上，並把安全帽遞給學妹，等她上車。

「學長，先謝謝你了！」

學妹高興地坐上了我的摩托車。雖然一路上她並沒有多問我什麼，我也沒多說什麼話，但她下車時，表情顯得還滿高興的。

送學妹回宿舍後，我就乖乖回到了住處，就像平常一樣，一開燈就看到嘉欣對著我微笑。

「我回來了，嘉欣！」

一進房，打開了電腦，兩天沒上ＢＢＳ，應該多了很多文章吧！輸入已經熟到不能再熟的ＩＤ和密碼，登入後，第一個看到的訊息是……

「你有情書喔！」

是 CHIE 吧！我心裡這麼想著，說到 CHIE，我就想到蒂嘉。一想到她，我的嘴角又微微上揚了。就這麼微笑著，按下了右方向鍵，看看這網路灰姑娘又寫了什麼怪怪的東西給我。

32

讀取 CHIE（跟你談一場虛擬戀愛）寄來的「你沒回我信！」？

（Y）讀取（N）不讀（Q）離開 [Y]：Y

寄信人：CHIE（跟你談一場虛擬戀愛）

標　題：你沒回我信！

發信站：ｘｘｘ資訊站（Sun May 17 18:20:54 1999）

來　源：h33.s248.ts31.h

嗚！人家寫信給你你都不回！

別說你沒看到信喔！我查詢過你的ID了！你信箱裡的信都看過了耶！

而且你兩天沒上站，是不是跑出去約會了呀？

我想應該不會吧！你對你女朋友那麼死忠，害我好羨慕說！

我什麼時候才能找到一個跟你一樣專情的男朋友呢？

還是我永遠只能當網路上的灰姑娘，只能在線上談戀愛呢？

如果真的是這樣，我倒是很想跟你談一場虛擬戀愛！
呵！不過我想不太可能吧！因為你不會喜歡這種不切實際的事情。
雖然現在還不到十二點，但是我要變身囉！因為媽媽叫我下去吃晚飯了！
希望晚一點上線時能看到你，就先這樣囉！拜拜！

看完這短短的一小段話，心中眞是百感交集。我專情嗎？還是要說我是個死腦筋的人呢？看了一眼桌上的照片，嘉欣微笑的臉、深情的眼神，不知道爲什麼愈看愈像蒂嘉，這是移情作用嗎？我是因爲蒂嘉的眼神像嘉欣，所以才會對她動心的嗎？一時間，突然感到寂寞，房間裡的空氣好像凝結了一般，偌大的房子裡，只聽得見自己的心跳聲，還有電腦發出的「嗶嗶」聲。

「嘿！在發呆呀？醒醒唷！」

是CHIE！我快速地按下了R，回她的訊息。「嗨！晚安呀！」

「呵，你好像很高興看到我的樣子喔！」

「呃？會嗎？」

「會呀！你平常都冷冷的，今天的語氣比較有朝氣唷！」

「也許是因爲我不常在網路上聊天傳訊吧！」

「那不重要，老實說！你這兩天跑去哪玩啦？看到我的信都不回！」
「有人規定看了信一定要回嗎？」
「是沒有呀！別人的你可以不回，但是我的你就要回了！」
「哪有這樣的？」
「你又想帶開話題了！先說，你這兩天去哪裡了？」
「呃，我回新竹。」
「……」
「我沒見過網友，所以，那個……」
看到 CHIE 好像在生氣的樣子，我不禁緊張了起來，連打字也開始結巴，但是我打完這句後，CHIE 就沒回我訊息了。
「該怎麼說呢？」我自言自語著，也不知道自己爲何無法大聲說出以前認爲很理所當然的理由。以前我不是覺得網友見面很愚蠢又無聊嗎？那爲何我現在連打字都會結巴？正當我想多說些什麼時，CHIE 也下線了。
「唉……」
自己也不知道這口氣是嘆給誰聽的，只覺得最近好像都跟女生過不去似的，總在不經意時惹到她們。不過既然學妹的事都能順利解決了，那我想，我先道歉的話，CHIE 應該也會諒解吧！才想完，我馬上就到郵件選單裡，寫了一封道歉信給CHIE。

很抱歉那時沒回妳的信，雖然當時我已經知道我會回新竹了，但是上網那麼久，我都還沒見過網友，老實說，我對見網友並沒有多大的興趣，以前甚至還認為這樣非常愚蠢又無聊……

啊！我當然不是在罵妳無聊，而是要向妳表明，我自始至終都沒有見網友的心理準備與打算，如果不小心讓妳生氣了，請妳見諒，畢竟網路是虛幻的，這點我相信妳也很清楚，不是嗎？

今天看到妳跟我打招呼，我很高興，我以前從來沒這種感覺，也許是因為妳給我的感覺很特別吧！希望這麼說不會嚇到妳，因為我寫這封信的本意只不過是要道歉而已，如果妳不原諒我的話，那就別回我的信了。真的真的很對不起，讓妳不高興了。

寄完了那封信，我也下站了。洗完澡，看了看時間，也已經十點了。仔細想想，快放暑假了，嘉欣的忌日也快到了，我想我應該會一個人去吧！因爲我不想再讓任何人看到我哭泣的樣子了。雖然我的眼淚早在去年就流乾了，但我不敢肯定在看到嘉欣的骨灰時，淚水能聽話地不奪眶而出。

躺在床上，我一直想像著當時有可能發生的各種狀況，也許是因爲疲累吧，想著想著，意識開始模糊了起來，嘉欣、蒂嘉、學姊、學長、學妹……還有好多好多人的臉孔，都浮現在我眼前。漸漸的，我沉入了夢鄉，多希望今天的夢裡，嘉欣能再出現一次。

33

「學長，你怎麼了？氣色很差喔！」坐在我對面的學妹伸出手在我面前晃了晃，我則是一副已經快精神崩潰的樣子。一旁的學姊什麼話也不說，只是靜靜地等著我的回答，但是學長卻耐不住性子先開口了。

「我還在想你昨天怎麼走得那麼匆忙呢！原來是想開了，跑去追學妹！」

學長才說完，學妹的臉馬上就紅了起來，並開始比手畫腳地向學長解釋著，「學長，事情不是你想的那樣，昨天學長看我提的東西很重，才好心幫我載回宿舍，剛好被學姊她們看到，所以她們才會亂說的，我跟學長沒有什麼，眞的！學長你要相信我！」

「學妹，妳也別緊張，妳學長來學長去的，我頭都暈了，對了，妳叫什麼名字呀？我看連學弟也不知道妳的名字吧！」

「我叫陳莉貞，你們叫我小莉就好了！」

「小莉，妳不用緊張啦！學長又不會咬妳，不過我倒覺得滿不可思議的，他是最不可能交女朋友的人，才過了一個晚上，竟然就被全校的女生傳言說死會了，我看今天晚上不知道有多少女生會哭死喔！」學長打趣地說。

「學長你別鬧了，我現在頭痛得要死，根本沒辦法思考。」

聽我說完這句話，一直不說話的學姊終於開口了。不過她還是沒多問什麼，只問我昨晚是否又做了什麼夢。

「學姊，妳怎麼知道我又做夢了？」

「廢話，你最近晚上一做夢，白天都準沒好事。」

「唉，沒什麼啦，倒是學妹，被那樣傳，妳男朋友一定會生氣吧！」

「我還沒有男朋友……」學妹紅著臉，頭低得不能再低了。

「喔？這麼可愛會沒有男朋友？騙人的吧！」

「眞的，我沒有男朋友啦！」

「那不是剛好，我們振霖也沒有女朋友呀，乾脆就讓謠言成眞，你們兩個在一起算了！」

聽到這句話，我跟學妹兩個都愣住了，而學姊也沒多說些什麼，和學長端了餐盤就走了。不過我感覺得出來，學長的語氣有點酸酸的，我想應該是因爲蒂嘉的關係吧！既然學姊知道蒂嘉喜歡我，那學長應該也知道才對。

「學長，你下午有課嗎？」

「沒有呀！有什麼事嗎？」

「那我們去火車站附近喝茶好不好？」

喝茶？無緣無故爲什麼要喝茶？但是，看到學妹認眞的樣子，我又不自覺地點頭了。

「現在去可以嗎？」

「呃？現在喔？嗯，好呀……」

走出餐廳後，學妹就不說話了。我把安全帽遞給她，並發動了車子，一直到出校園前，都沒發生什麼事，但是我沒想到，車子才騎出巷子，學妹竟然主動抱住了我。我不知該如何是好，只好加快車速，希望能趕快到目的地。

「學妹，妳要去哪裡喝茶？」

「學長，我其實根本就不想喝茶，我只是想跟你說，我喜歡你！」

「呃？」

「聽到學姊她們傳出來的謠言，其實我很高興，也希望你能成爲我的男朋友，學長，我眞的很喜歡你！」

「學妹……」

「叫我小莉。」

「好，小莉，我並不想傷害妳，但是我覺得，兩個人要互相喜歡，才能當男女朋友吧！不然這場戀愛談起來有什麼意思呢？」

「這麼說，學長你討厭我囉？」

「我並不討厭妳，但是我只把妳當學妹看……」

「那學長已經有喜歡的人了嗎？」

「這……」

喜歡的人？是嘉欣嗎？學妹這麼一問，倒讓我不知該如何回答。我該說我喜歡的人已經不在了嗎？還是乾脆就直接拒絕學妹？在車輛來來往往，吵雜的馬路上，我感覺學妹抱著我的手又收緊了一些，想著這些問題的我，卻開始迷惘了。

回到住處，我就衝進浴室猛淋冷水，雖然我將水開到最大，但是水淋在身上那冰冷又刺痛的感覺，卻無法使我的心平靜下來。

「該死！」

我狠狠地咒罵著，心裡想著自己眞是沒用的男人，既無法保護自己所愛的女人，也不能說服喜歡自己的女生死心。我這優柔寡斷的個性總有一天會把我自己給害死，爲什麼我總是對掉眼淚的女孩子沒輒？

懷著複雜的情緒出了浴室，回到房間後，索性就倒在床上，看著熟悉的天花板，看著房間的一切，還有那台我上了中壢後才買的電腦。不知道爲什麼，現在看著這台電腦，我就想到 CHIE。這個網路上的灰姑娘，說不定可以幫我解除心中的疑惑，而且女生應該比較知道要用什麼樣的方式拒絕，才不會傷到女孩子的心吧！

上網那麼久，今天才眞的是第一次有所期望地上線，希望上線後 CHIE 會在。聽著數據機撥號的聲音，我的心竟有點緊張，在安靜的房間裡，數據機的聲音顯得特別響亮，而除了撥號聲之外，我彷彿也聽到自己漸漸加快的心跳。

「太好了！她在！」

一上BBS，我就迫不及待地進入使用者清單。我沒有設 CHIE 爲好友，所以要在數百個使用者中找她的ID，還眞不是一件簡單的事。看到她正在發表文章，我還是按下了W，傳了個訊息給她……

「CHIE!」

「耶?眞難得你會主動傳訊給我。」

「呃，這個，其實我是有事想請教妳……」

「有事請教我?不會吧?」

「是眞的，因爲我最近遇上了一點問題。」

「好吧!如果我幫得上忙，當然沒問題，但是等我把這篇文章回完好嗎?」

「嗯……」

「OK，那我等一下貼完文章再和你聊天，等我一下喔!」

「好。」

從來不知道等待是件這麼痛苦的事，簡直可以用「度秒如年」來形容了。等到 CHIE 發完文章再找我聊天，足足等了兩百七十五秒，也差不多是四分半鐘。看到她邀我聊天的訊息出現，我就像是看到救星一般，以最快的速度按下了Y，然後就看見螢幕中間，一條分隔線將黑漆漆的畫面一分爲二，中間顯示著「您正在與CHIE（跟你談一場虛擬戀愛）交談中」。

「說吧！有什麼事要問我？」

「呃，我想問妳，要怎麼樣拒絕一個女生。」

「拒絕？拒絕什麼？你總要告訴我是拒絕什麼事吧！」

「有個學妹喜歡上我，但是我不知道要怎麼拒絕她才不會傷了她的心。」

「喜歡？怎麼個喜歡法？你又怎麼知道她喜歡你？說不定是你自己自作多情！」

「我怎麼可能會自做多情地認爲女生會喜歡我呢！我又不是女生喜歡的那種類型，是學妹今天自己親口對我說的！」

「好吧，大情聖，那她是怎麼說的呢？」

「她說她很喜歡我……」

「然後呢？」

「然後她說希望我當她的男朋友。」

「那你是怎麼跟她說的呢？」

「我說兩個人要互相喜歡才能當男女朋友的吧！不然這場戀愛談起來根本就沒有意義不是嗎？」

「這麼說，你討厭她囉？」

「天啊！妳說的話怎麼跟我學妹說的一樣？」

「這是當然的吧！我想每個女生聽到這種話，第一個反應就是認爲對方討厭自己吧！不然就不會搬這套喜歡不喜歡的話來回答了。」

「我並不討厭她，但是我只把她當學妹。」

「你有這樣跟她說嗎？」

「嗯，我是這樣跟她說的沒錯。」

「那她後來說了些什麼？」

「她問我有沒有喜歡的人。」

我不敢說出那時學妹是抱著我說這句話的，而這時，螢幕上的游標停在原地不斷地的閃爍著，CHIE 不知道在想些什麼，我的心跳也跟著游標的速度跳動。緊張地吞了一口口水，才看到螢幕上的游標又開始快速地往右移動。但我沒想到的是，CHIE 竟然問了跟學妹一樣的問題！難道女生的想法都一樣嗎？看著螢幕上的那行字，我的頭又痛了。

「那你是怎麼回答她的？你有喜歡的人嗎？我也很想知道。」

「怎麼不說話了？你還沒回答我耶！」

要是我知道這個問題的答案，我就不會這麼頭痛了。我心裡這麼想著，但是 CHIE 的下一句話更讓我吃驚！

「你在煩惱，不知道自己喜歡的人是誰嗎？」

「呃？是、是呀……」

「你好讓我失望喔！」

「啊？爲什麼？」

「先前你跟我傳訊時，不是說很愛你那個已經去世的女朋友嗎？我還以爲你會毫不考慮地就說你喜歡的是她呢！你不是說這輩子除了她之外，不會再愛上其他女生了嗎？」

這句話一出現，我才猛然想起，我最愛的不是嘉欣嗎？爲什麼現在我的心開始動搖了？爲什麼會這樣呢？爲什麼？爲什麼？爲什麼？

「我想你應該是遇到一個讓你心動的女孩子了吧，不然你也不會答不出這個問題。你內心一定很掙扎吧！」

「我不知道爲什麼會這樣，我的心好亂好亂……」

「既然你不知道你現在喜歡的是誰，那你怎麼回答你學妹的呢？」

「我沒有回答這個問題，因爲我說不出答案。」

「那她呢？有什麼反應？」

「她哭了。」

「哭？不會吧，你不回答她也哭呀？」

「嗯，她哭著問我可不可以給她一次機會，她說，就算我現在不喜歡她，也讓我們先相處一段時間，要是我還是不喜歡她，那她就眞的會死心了！」

「你……該不會答應她了吧？」

「嗯，因爲我想不出更好的理由來拒絕她了。如果我想得出來，我也不會問妳要怎麼去拒絕一個女孩子了。」

「拜託，你都已經答應人家了，要是第二天馬上又去拒絕對方，那別人只會認爲你在玩弄她的感情！既然一開始就不想跟她交往，就應該跟她說清楚的。你這種作法，不論怎麼解釋，都會傷害到對方的！」

「我也知道這樣不好呀！但是我一看見女生掉眼淚就沒轍了。」

「天啊，那如果我現在在你面前哭著求你跟我交往，那你會答應我嗎？」

「妳別鬧了，我現在是在求妳幫忙想想辦法耶，不是要妳也來插一腳的！」

「我沒有在鬧呀！我也想當你女朋友，但不是現實生活中的。」

不是現實生活中的？那麼就是網路上的囉？不會吧……CHIE 眞的要和我網戀？

「爲什麼不是現實生活中的？」

「因爲現實生活中的愛情很殘酷，雖然它也有美麗的一面，但是過程愈美麗，等到結束這段感情時，自己也會傷得愈重。」

CHIE 這麼一說，就讓我想到了蒂嘉，她也是被幾段感情深深的傷害過後，才不相信愛情的，而且 CHIE 說的這句話，跟蒂嘉在海邊對我說的話好像。

「談網戀就不會受傷嗎？網路上的愛情跟現實生活中的愛情有什麼兩樣？」

「當然不一樣啦！談網戀的話，兩個人的交集就只在網路上，不會干涉到對方的生活，純粹就是在網路上發洩自己的感情。下線後，你還是過你的生活，我還是過我的生活，我不會管你生活中有幾個女朋友，也不會在乎你有沒有錢，更不會拿你的長相來做文章。相對的你也一樣，在網路上你可以是王子或是公主，你說你自己多有錢就多有錢，甚至說你比明星還帥也不會有人懷疑。網路就是這麼一回事，你可以在這裡塑造一個完美的自己，就像我一樣，天知道螢幕後的我是不是缺隻手或斷條腿的，你只知道我是CHIE，不是嗎？」

CHIE一口氣打了那麼一大堆字出來，像說話一樣流暢。我一時間不知道該回她什麼，雖然我覺得她的論點似乎不太對……

「你還在嗎？」

「嗯。」

「那怎麼不說話了？」

「我正在思考妳剛剛講的話，而且，我的問題也還沒解決不是嗎？」

「你要不要聽聽我的建議？」

「說來聽聽，不然我自己也不知道該怎麼辦。」

「站在女生的立場，我也希望你給她一次機會，畢竟被自己所喜歡的人拒絕很令人難過。但是站在你的立場來說，如果你眞的不喜歡她，甚至到了無法忍受的地步，那你就乾脆說你已經有女朋友了，這樣很殘忍，可是長痛不如短痛！」

「那我大概知道該怎麼做了。」

是的，大概……我想我大概知道吧……

「你的問題我已經回答完啦！那我的問題呢？你給我的回答是什麼？」

「呃？什麼？妳剛剛問過我什麼問題嗎？」

「當然有啊！我問你，要當我網路上的王子嗎？」

「妳該不會是認眞的吧？」

「沒錯，我就是認眞的。」

螢幕上的游標再度停了下來，很顯然的，CHIE 正在等我回答，我應該回答嗎？要回答的話，應該是回答她 Yes，還是回答她 No 呢？

36

我和 CHIE 就這樣僵持不下。我因爲不知道要怎麼回答她而遲遲不敢說話，而她很明顯地就是打算這麼跟我耗下去了……

「CHIE……」

我試探性地打出她的名字，但是 CHIE 並沒有給我任何回應。我開始慌了，正當不知道該怎麼辦時，畫面就在我還搞不清楚狀況加上來不及反應下，跳回了使用者清單。

「完了，她該不會是生氣了吧？」

我才說完，我的手機就響了，害我嚇了一大跳。連忙接起來後，另一頭傳來的是學妹的聲音。

「學長，我是小莉……」

一聽到小莉的聲音，我馬上想到下午的事情。雖然沒有人看到，但是我自己感覺得出來，我開始臉紅了。

「呃……有什麼事嗎？」

「是有關下午我跟你說的事……」

下午的事……下午的事……我本來想今晚睡前再好好想想，然後明天再找小莉說清楚，沒想到她竟然主動打電話來問我的答案。我的腦筋一片混亂，如果現在有人拿把刀給我，我一定會毫不考慮地先把自己殺了！

「小莉，這個……我剛剛想了一下……」

才說到這，我又想到CHIE剛剛在線上說的話。

「你先答應了人家，第二天又反悔的話，人家會以為你在玩弄她的感情！而且你這樣做，不論怎麼解釋，對方一定都會受傷的！」

「就照妳說的，我們先交往一陣子看看吧。」

唉！我果然是個優柔寡斷的爛男人！這是我說完這句話後，心裡的第一個想法。

「眞、眞的？」小莉彷彿不敢相信，聲音中又有些興奮的成分。

「你還在嗎？」電腦傳出了嗶嗶聲，螢幕最上方出現了 CHIE 傳給我的訊息。

「小莉，我現在正在忙，明天再說好嗎？」

不知道為什麼，一看到 CHIE，我就比較果斷了一點點，至少會順著自己的意思做想做的事。

「喔！那你先去忙吧！明天見囉！」小莉的聲音依然毫無保留地透露出難掩的興奮，高高興興地切斷了手機。

而當我放下手機要回訊息時，CHIE 又傳了一句話過來。

「你該不會也斷線了吧？」

啊？原來剛剛 CHIE 是斷線，不是因為生我的氣才跑掉的。突然放心了，但手可也沒閒著，趕忙打字回訊息。

「我還在！剛剛學妹打電話來，所以……」

回訊沒多久，CHIE 又邀我聊天。這次我也是毫不考慮，馬上按下了 ENTER 鍵。

「你說的學妹，是跟你告白的那一個嗎？」

「對呀，我沒想到妳一斷線她就打電話來了。」

「喔？那你給她答案了嗎？」

「嗯，我答應她了。」

「什麼？」

CHIE似乎不敢相信，於是我又打了一次給她看，「我答應她了。」

「這麼說……你也會答應我囉？」

CHIE沒頭沒腦地爆出了這句話，我正忙著打字的手停了下來。

「你不答應我的話，就是不公平喔！你還記得我是最講求公正公平的天秤座吧！」

「妳是指當妳的網路情人這件事嗎？」

我試探性地問了一下，卻發現我是在白費力氣。

「沒錯！」

CHIE打出了笑臉，我彷彿可以看到她自信滿滿的笑容。雖然我並不知道她長什麼樣子。

「現在你說不要也來不及了，就這麼說定了喔！」

就這樣，短短的十分鐘內，我突然多出了兩個女朋友，往後的日子，也從今天開始變得亂七八糟的了，至少事後我回想起來，眞的是亂七八糟。

37

天氣開始變熱了，不知不覺，五月已經接近尾聲。下個月開始，就會有一堆大大小小的考試，我心裡盤算著要怎麼利用今年的暑假，可是總覺得耳邊一直有人在叫我……

「學長！學長！」

一隻白細的、女生的手在我眼前晃了晃，打斷了我腦中正在編排的行程表。

「學長，你在發什麼呆呀？」

學妹……應該說是小莉的聲音帶著不悅，但她似乎是怕我覺得跟她合不來吧，所以不敢完全發作出來。

「呃？沒事，我在想今年的暑假要做什麼。」

聽到暑假這兩個字，小莉似乎特別興奮，她扯扯我的衣袖，充滿期待地看著我，然後用帶點撒嬌意味的聲音問我，「學長，暑假我們去墾丁玩好不好？」

「墾丁？會不會太遠呀？」

「就是遠，所以才要在暑假去呀！不然平常哪有時間跟機會跑到墾丁去！」

想想，小莉說的似乎也有道理，既然要出遠門，也找學長學姊一起去好了！

「好吧！」

我才說完，小莉就更高興了，她只差沒跳起來歡呼了。

「我等下回去順便問學長學姊要不要一起去。」

小莉聽到這句話，看起來像是被潑了一桶冷水，剛剛興奮與喜悅的神情在一瞬間消失無蹤，「要找他們一起去嗎？」

小莉再問了我一次，我則是肯定地點了點頭，還不忘補上理由，「是呀！我和學姊上了大學後，就沒什麼機會一起出去玩了，平常頂多是一起吃飯聊天而已，既然要去墾丁玩，當然也要找他們一起去呀！而且學長家有休旅車，這樣我們的行程可以排得比較多，要去哪裡玩都可以，也比較不會浪費時間。」

「是喔……」

小莉說完，就悶悶地低下頭了。我繼續在腦中思考著暑假的行程，直到小莉再次出聲問我問題，「學長，你都不累的嗎？」

我看了看四周，原來我們已經在不知不覺中走到了中壢火車站。我尷尬地笑了一下，不好意思地說：「對不起，沒注意到已經走這麼遠了，妳餓不餓？我們先找間店坐一下。」

就這樣，我和小莉坐進了一間新開的店，店裡的裝潢簡單，但很大方，牆壁上用木板釘出幾層架子，上面擺滿了各式各樣的娃娃。而充斥在店裡的音樂，則很像是從音樂盒裡播出來般乾淨而能沉澱心靈的音樂。

「哇，這間店好可愛喔！」

我想女孩子的反應應該都會和小莉一樣吧！不過老實說，我也很喜歡這間店的感覺，而店名也是簡單的一個字而已，帶給我的想像卻很深遠。

「學長，你看那個娃娃好可愛喔！」

小莉興奮地看著店裡的每樣東西，而我的手機在這時響了起來。

「學弟，你現在在哪裡呀？」

是學長，我想他現在應該和學姊在一起吧！

「我在市區，你們有空嗎？我們在火車站附近一間店裡喝茶吃飯，店名叫做『純』。」

「是喔！好吧！反正我跟你學姊就在附近，我們等一下就到！」

掛掉電話，小莉問我，「是學長嗎？他們要來呀？」

「是呀！」

對我來說，和學長學姊一起吃飯是常有的事，只是我沒發現小莉的態度好像愈來愈不耐煩了。

「學長……」

「嗯？」

「我們現在應該算是男女朋友吧！」

「呃，嗯，是呀。」

是呀，做了一個星期的「實習男女朋友」，原本我以爲我規律平靜的生活會被這突然冒出來的女朋友給弄得亂七八糟，但是經過了一個星期的相處，我發現大部分的事情都沒有改變，只不過是空閒時多了一個人跟在身邊而已。而我在家裡的時間，則大部分都在網路上陪 CHIE 聊天。

「既然是男女朋友，那我一直叫你學長，不是很奇怪嗎？」

小莉這麼一說，我又愣了一下。不叫我學長，那她要怎麼叫我？

「那妳的意思是說……」

「我可以直接叫你的名字嗎？」

名字？那不就是要直接叫我振霖了？一想到這，嘉欣叫我名字的聲音就在我耳邊響起，我的心莫名地刺痛了一下。

「學長，可以嗎？」

小莉又問了我一次，我本能地搖了搖頭。這種回答已經很明顯了吧！但是小莉仍不死心，這次她不問我，直接就下了決定，「也對，叫名字還嫌太生疏了點，我以後就直接叫你最後一個字好了！」

這下子我也不知道要怎麼拒絕她了，我現在只希望學長跟學姊趕快出現，化解現在這種尷尬的場面。

38

學長學姊就像我的救星一樣，在我拚命祈禱時出現了。而小莉一看到學姊他們，也很自動地坐到我身邊，把對面的兩個位置讓出來。

「學長，你們暑假有什麼計畫嗎？」

「還沒考試就在想放假，不怕這學期你學長被二一呀？」學姊點了一杯咖啡，順便看了學長一眼。

「妳怎麼不說學弟？難道只有我會被二一呀？」

「你說對了，你這連報告都要別人幫你寫、幫你打字的傢伙，如果教授肯讓你過關，你就應該回去問問你爸媽，是不是平常都在幫你燒香禱告了！」

「怎麼講這麼難聽，我也有認真的時候呀！像我考試前都會去圖書館……」

「看妹妹！」

「不只圖書館呀！我也會在家看……」

「電視！」

「撇開這些不談，至少我上課幾乎都有去……」

「打瞌睡！」

學長跟學姊一搭一唱，好像在講相聲一樣，但學長的臉色卻愈來愈難看，相對的，學姊則是一副「我沒說錯吧」的表情，小莉很自然地笑了出來。

「學長跟學姊的感情真好！」小莉的語氣中，有羨慕、有肯定，但是她轉過來看我的眼神，似乎帶著些許的失落。

「哪裡，跟你們小倆口比起來，我們可差多了！」學姊的語氣還是不太好，有點酸溜溜的，不過學長的反應倒沒學姊那麼大。

「學弟，我跟你說喔！女人在『和平交談』時，千萬別插嘴，不然等一下倒楣的絕對是你自己！」學長悄悄地跟我說，深怕學姊聽到。學長所謂的「和平交談」，其實就是我們說的鬥嘴。我聽了之後，也只有點點頭。

「對了，剛剛講到暑假，學長假如沒有別的計畫，我們去墾丁玩好嗎？」

「墾丁喔？好啊好啊！我們好久沒出遠門，也好久沒一起出去玩了，我家有休旅車，剛好可以一路玩下去！」

沒想到學長想的跟我一樣。而本來在喝咖啡的學姊，突然冒出了這麼一句，「小莉也要去嗎？」

「對呀！就是小莉提議說要去墾丁的。」

「喔？那我還是別去好了，免得變成電燈泡，被人嫌！」

學姊這麼一說，小莉笑也不是，哭也不是，而氣氛就在這時僵住了。

「敏靜，沒關係啦，反正我們也可以把他們當燈泡呀！」

學長試著打破僵局，但是學姊嘴邊泛起的一抹笑容卻讓我有不好的預感。

「好啊！那就去呀！墾丁嘛，反正平常日照就夠強了，晚上再亮一點應該沒差！帶個一打燈泡去應該都無所謂吧！」

學姊沒頭沒腦地冒出這句，我跟學長都聽不出有什麼意思，只見學姊拉著學長，並順手拿了帳單，丟下一句話，「那，出發前見囉！」

留下我跟小莉在原地，我不知道該說些什麼，而小莉也低著頭不知道在想些什麼，聽著像是從音樂盒中放出來的音樂，輕輕的，柔柔的，可是我的心亂了起來，怎麼樣都靜不下來。

「霖……」

「呃？」

先說話的是學妹，但我沒想到她眞的就直接叫我名字的最後一個字。

「嗯，那個……學姊她平常不會這樣的，妳別太在意。」

「雖然不知道是什麼原因，但我知道她不喜歡我跟你在一起，要不是她跟學長是男女朋友，我還會認爲她喜歡你呢！」

原因，我想我是知道的，但我要怎麼跟小莉說？喝了一口已經冷掉的咖啡，只覺得苦澀的味道一下子就佔據了我的味覺。我放下杯子，不想繼續喝下去。

「別想那麼多了，呃……妳今天出來不是想買衣服嗎？我們走吧！」

現在才想起我今天是陪小莉出來買衣服的。走出店門前，我看到架上的一個娃娃。小莉從進這間店後，就一直看著那個娃娃，我想她應該很喜歡吧！再仔細看了一下價錢，呃……有點貴，可是看著身邊悶悶不樂的小莉，我還是狠下心買了下來。

「別再苦著一張臉了，會變醜的！」

我半開玩笑地捏了捏小莉的鼻子，並把娃娃塞到她懷裡，這才看她笑了。

走出「純」，五月暖暖的陽光灑在身上，眞的很舒服。小莉在這時主動牽起了我的手，這是我們開始交往後，第一次牽著手走在街上。

今年的夏天，會很熱吧！我心裡莫名其妙的這樣想著。

「CHIE，男女朋友的定義是什麼？」

晚上回到家，我一上線就看到了我的「網路女朋友」——CHIE。當然，我也跟這一個星期中的模式一樣，一看到她，就邀她聊天。

一進入聊天模式，我馬上打出了這句話。雖然我不是沒談過戀愛，但是在這一個星期當中，我腦中原本對於男女朋友的認知，被現實生活中的小莉，和虛擬世界中的CHIE給弄得亂七八糟的，所以今晚我忍不住問了這個問題。

「男女朋友的定義？怎麼會突然問我這個問題？你跟你女朋友處不好嗎？」

「不能說處不好，但是我覺得小莉處處都讓我，深怕我不喜歡她。因爲我們當初本來就是說好先交往看看的，我覺得就是因爲這一點，所以我沒辦法看見眞正的她，也就是這樣，我才沒辦法眞正地把她當女朋友看。都已經過了一個星期，我還是只能把她當學妹而已，和別的學妹比起來，她唯一的不同，就只是跟我比較熟罷了！」

「她應該會有一些想突破現狀的小動作吧！我想，連你這麼遲鈍的人都感覺到了，女生應該不至於感覺不到才對！」

CHIE這麼一說，我就想起小莉跟我談稱呼我的方式，以及主動牽我的手的舉動。我開始害怕了，那我單純地想一讓她高興點而買娃娃送她，還有捏她鼻子的動作，豈不是會讓小莉想得更多？

「CHIE，如果有男生買娃娃送妳，妳會怎麼想？」

「我會認爲對方對我有意思吧！畢竟，在不是特別的日子裡送人東西，都會有其他目的才對！」

「那……妳跟我做了一個星期的網路男女朋友，妳有什麼感覺？」

問這句話的我其實是很緊張的，因爲我漸漸發現在網路上找情人的好處了，就像CHIE先前講的一樣，我可以毫不保留地對她說出心裡的感覺及想法，而這些是我在面對小莉時完全做不到的。

「老實說，我滿喜歡你的，跟你聊天感覺很好。不過我們聊天時，如果你能少提一點你跟你學妹的事就更好了！我希望我們能更像是男女朋友。也許你不習慣在網路上跟別人打情罵俏，但是我希望你能把我當成是你先前瘋狂愛著的女朋友。雖然我知道我沒辦法取代她的地位，可是這樣你會好過一點，不是嗎？」

我猛然轉過頭去，看著桌上嘉欣的照片，突然，感覺好像回到了去年一樣，我竟不自覺地掉下了一滴眼淚。

「CHIE。」

「嗯？」

「其實，也許我早就忘記了愛是什麼感覺了吧！妳剛剛這樣一說，我轉頭看我女朋友的照片，我忍不住哭了。」

「痛哭嗎？」

「不，我只流了一滴眼淚。但是自從她死後，我就沒哭過了。」

「你感覺得到嗎？我正輕輕吻著你的眼淚，男孩子不能隨便掉眼淚的！」

看到CHIE的話，我似乎能感覺到一隻女孩子的手正輕輕地摸著我的頭。

「不可思議……我現在覺得網路是一種奇妙的東西了。」

「呵呵，如果你眞的用心去體會，你會發現我已經愛上你了。」

呃？不會吧！雖然當初說要當網路情人是CHIE的提議，但我認爲她只是對我有好感而已，一個人……眞的有可能愛上從來沒有見過面的人嗎？

「妳怎麼知道我有沒有用心？」

「因爲你和我聊天，多半是在談你跟你學妹今天做了什麼，再不然就是你學妹今天又怎麼了，我覺得啊，我不像是你網路上的女朋友耶！反而比較像是你的網路戀愛諮詢顧問！」

CHIE 好像每次都可以說出重點，而我也眞的好像是這樣，對於愛情，還是放不太開，跟 CHIE 比起來，我眞的是差太多了！

「既然你都問了，那我反問你，你對我有什麼感覺？」

短短的一行字，我感覺到試探、期待，還有一種模糊的情緒。我說不出來，卻能清楚地感覺到。那是 CHIE 現在心裡的感覺嗎？

「我……我想我雖然沒有到已經可以談愛或不愛的地步，但是我可以說，我很喜歡跟妳聊天。」

說完這句話，游標又停在原地不動了。一直到我開始懷疑 CHIE 是不是斷線時，她才打了一句和之前的談天內容毫不相關的話。

「我下個月開始考試，所以不上線了，我們六月二十號見！晚安了，拜拜！」

我還來不及回 CHIE 話，她就走了。看著視窗底下詢問我要不要儲存這次聊天內容的系統通知，我只能呆坐在電腦前。我剛剛說錯了什麼嗎？不然爲什麼她走得那麼匆忙？正當我想不透時，小莉來電了。

「霖，你在忙嗎？」

小莉好像還不習慣這麼叫我，當然，我也不習慣。可是我並沒有就這件事多說些什麼，只想趕快結束掉這通電話。

「嗯，我正在看書，有事嗎？」

「呃……我想問一下，不知道你什麼時候考完試？」

「月中左右吧！要看我們教授想什麼時候考。」

「那，二十號你有沒有空？」

二十號？現在是在寫小說嗎？怎麼該死地對得那麼準！難道整個六月裡就只有二十號可以約人呀？一想到 CHIE 也是約我二十號上線，我就只好先問小莉有什麼重要事情了。

「我不清楚耶，怎麼？二十號有什麼重要的事情嗎？」

「嗯，這個……六月二十號是我生日……」

聽到這句話，我愣住了，我眞的愣住了！女朋友的生日，及跟網路情人的約會，照理來說，當然是要幫女朋友過生日比較說得過去吧！可是 CHIE 怎麼辦？要讓她上線枯等嗎？我的心似乎比較想待在家跟 CHIE 聊天耶！

「霖，你還在嗎？」

「嗯……小莉，我明天問過我們教授，我再給妳答覆好嗎？」

「喔，那你先念書吧！我不吵你了，明天見！」

「嗯，拜拜！」

掛掉電話，我把自己丟到床上，臉用力地埋進枕頭裡，腦中像是有一隻天使跟一隻惡魔在打架，亂七八糟的。怎麼辦、怎麼辦、怎麼辦？除了問自己怎麼辦之外，我眞的沒有辦法決定這件事情！誰能來告訴我該怎麼辦？

40

六月二十號，小莉生日這天，我現在正坐在「純」裡，有一口沒一口地喝著眼前的咖啡，而小莉正用手機和朋友們約著晚上聚餐的地點，大部分的人都已經結束考試了，回家的回家，度假的度假，而學長學姊也因爲早就考完試，上週就回新竹了。

看看手錶，下午兩點四十四分，我到現在還不能決定是要陪小莉過生日，還是回去住處上網等CHIE……

「……嗯！就這麼說定囉！」

看樣子小莉應該是已經決定好了，我想如果只是陪她吃個飯，然後回家上線的話，應該還來得及吧！

「妳朋友怎麼說？」

「喔！她們說要去貴族世家幫我慶生，我有朋友在那邊打工，可以幫我們算便宜一點！」

小莉高興地說著，我聽了也很高興，如果只是去吃個牛排，最多最多只要一個小時，我就可以回家了！

「妳們約幾點？」

「六點，大概吃到七點就可以走了。」

跟我盤算的差不多！我有點難掩心中的喜悅，拿著咖啡杯的手開始微微的顫抖著。心中繼續想著，如果七點就走的話，我送小莉回宿舍，然後再騎車回去，還有足夠的時間可以先洗個澡、泡杯咖啡再上線呢！

「然後，她們說要去好樂迪唱歌，我今天是壽星，我朋友說壽星免費喔！而且我們也沒去唱過歌，剛好趁這次機會看看你唱歌好不好聽！」

我差點把我手中的咖啡杯捏碎！真的，我不誇張！早該知道上天不會讓我這麼幸運的，爲了讓那咖啡杯脫離變成碎片的命運，我深吸了一口氣，才把它放回桌上的小碟子上，而且儘量保持著微笑，問著自己都覺得好笑的問題。

「我可以不去唱歌嗎？」

「怎麼？你唱歌不好聽嗎？」

「不是，只是妳跟妳朋友都是女的，只有我一個男生似乎不太好吧！」

我現今能想到最好的藉口就是這個了，但是小莉給我的回答，卻讓我說不出話，正確來說，應該說我是被她的話給嚇呆了！

「沒關係啦！我朋友都會帶她們的男朋友來！」

小莉看起來心情不錯，但是我的心好像掉到漆黑不見底的冰冷山谷中。爲什麼單純的慶生，聽起來好像是變相聯誼？每個人都攜伴參加？

「嗯……那大概要唱到幾點？」我還是不死心，想做最後的掙扎，希望別拖得太晚，只要不超過兩小時，我想我還是遇得到CHIE的！

「你有別的事嗎？」

小莉的表情似乎有那麼一點點不悅，希望這只是我的錯覺，可是我總覺得要是今天沒有捨命陪君子的話，我往後的日子一定會有更多麻煩要處理。

「沒有……我想沒有吧！」

談到這裡，我想結果已經不用我說了，結論就是今晚走一步算一步了，摸摸口袋裡的小袋子，裡面是一條純銀項鍊，女孩子生日，送這種東西應該不會太寒酸吧！

「走吧！電影快來不及了！」

「呃？電影？」

「對呀！我票已經買好了！走吧！」

被小莉半拖半拉的，匆匆結了帳，一走出「純」，夏天特有的酷熱就迎面襲來，讓人有點吃不消，就像我跟小莉的相處方式。最近她變得我行我素的，想做什麼就做什麼，像今天這種突發狀況已經不是第一次了。雖然我還想繼續在「純」多坐一下，可是當我回神時，人已經坐在電影院裡了。

「小莉……」

「嗯？有事嗎？」

「沒，沒事，妳先看電影吧！」

我根本就沒心情欣賞螢幕上放映的電影，連片名我都不想知道，我只能趁著小莉專心看電影的時間，好好想想我應該怎麼跟 CHIE 說明今天的狀況。

「你眞的有用眞心來面對我對你所付出的感情嗎？」

小莉突如其來的一段話，讓我嚇了好大一跳。我驚訝，也有點心虛地看向小莉，而小莉卻跟沒事一樣繼續看著電影。

「小莉妳……妳剛剛說什麼？」我嚥了嚥口水，心裡開始緊張了起來。

「嗯？沒有啊！我在說電影台詞啊！剛剛女主角不是這樣問男主角嗎？」

我看向螢幕，電影正演到男女主角吵架的那一幕，現在女主角邊哭邊搥打著男主角的胸膛，而男主角則是一把抓住女主角的雙手，強硬地吻住了女主角，看著女主角從一開始拚命掙扎到後面的軟化，甚至還忘情的將雙手環住男主角的脖子，兩個人就這樣擁吻了不知道多久……這眞是部爛片！我心裡這麼想著，爲什麼還那麼多人來看？

「妳覺得這部電影怎樣？」我小聲地問小莉，只見她似乎很感動的樣子，只差沒哭出來了。

「很好看啊！你不覺得嗎？」

「呃，不錯啊。」

女生都喜歡看這種片嗎？我心中不禁這麼想著，不知道 CHIE 是不是跟小莉一樣喜歡看這種鬧劇？希望她不喜歡，因爲我實在不喜歡看。

現在雖然在漆黑的電影院裡，可是好像所有的聲音都傳不到我耳裡。不知道爲什麼，我現在好想 CHIE，好想一個人在家裡，泡杯咖啡，輕鬆地敲著鍵盤，靜靜地陪 CHIE 聊天。

我現在終於知道爲什麼小莉說她的朋友們都會攜伴前來了，坐在貴族世家裡，我覺得自己好像是小莉的戰利品一樣，因爲她的朋友們都帶了男朋友來，而且女生們的談話內容都有那麼一點互相較勁的意味。老實說，這種被拿來比較和炫耀的感覺，眞的讓我很難受。

「霖……霖！」

「嗯？啊？」

「你在發什麼呆呀？」

「沒什麼。」

我抬起頭，看到坐在我對面的男孩子。他對著我，尷尬地笑了一笑，我想他心裡的感覺應該跟我一樣吧！看看手錶，已經快七點了，飯也吃得差不多了，我想她們應該已經準備去唱歌了吧！

「小莉……」

我小聲地叫著小莉，但她和朋友談天談得正起勁。先前在學校還有在學長學姊面前的內向羞澀已經蕩然無存，我眼前看到的，簡直是一群聒噪的中年婦女在嚼舌根，一旁的男生只能保持沉默，努力地吃著東西或是喝著飲料，讓自己看起來很忙的樣子。基本上，我們也不知道怎麼跟對方交談……

「霖，你剛剛叫我嗎？」

小莉回應我時，已經是我叫了她第五次的時候了。怕她的朋友聽到我們的談話，所以我附在小莉耳邊，小聲地問著，「等一下也是我們這些人一起去唱歌嗎？」

「對呀！我們位置都訂好了！」

「我可不可以不要去？我有點累了，想回家休息。」

我自己很清楚這是句謊話，但是其中也有自己內心深處眞正的聲音。因爲我眞的不想對著一群女人努力陪笑，這眞的很累，而且一點意義都沒有！

「可是今天是人家生日耶！」小莉的聲音又變回撒嬌的聲音了。她嘟著嘴，好像很委屈的樣子，「而且你是我男朋友，你中途就走的話，我在朋友面前面子怎麼掛得住？」

面子？聽起來眞令人反感，難道我只是她拿來炫耀的工具？

「走啦！一起去啦！」小莉拉著我襯衫的袖子晃了晃，然後就對朋友說該去唱歌了。

就這樣，我被半強迫地帶進了好樂迪。

「小莉，今天妳是壽星，先讓妳點歌！」

小莉的朋友起哄著，正當女生們熱烈討論著要唱什麼歌時，我藉口說要去洗手間，先走出包廂透透氣。

「當小莉的男朋友很累吧！」

我才剛走出來，就在走廊上看到小莉的朋友，她是今天所有的女孩子中唯一沒有帶男朋友來的，在吃飯時還被小莉她們「虧」了好久，但她還是一副無所謂的樣子，她掏出口袋中的菸，拿到我的眼前。

「怎麼說？」我搖了搖手，因爲我不抽菸，但是我對她問我的話很感興趣。

「她呀！從高中開始就這樣，換男朋友像換衣服，但是她的喜好也眞的很奇怪，特別喜歡那種女孩子拚命倒追還追不到，或是已經有女朋友的男生。」

她自己抽出一根菸，點了火之後深深吸一口，然後緩緩吐出白色煙霧來。看著漸漸消散的煙霧，繼續說著，「像我的男朋友就是一個例子，她連好朋友的男朋友都敢倒追，事後又會裝出一副無辜可憐的樣子。哼！哪個男生不會爲這種楚楚可憐的女生說話呢？我去找她理論時，我男朋友也在場，她就梨花帶淚地向我男朋友撒嬌，假裝什麼都不知道的樣子。想也知道，我跟我男朋友就在小莉面前大吵一架，當場就分手了！」

她還是一副無所謂的樣子，好像說的不是自己，只是在說一個聽來的故事一樣，但是我聽了卻很驚訝，因爲我沒想過小莉會這樣。雖然只聽她的朋友這樣說，並沒有其他證據證明小莉曾經做過那些事，可是回想起來，小莉在學校，跟我們兩個人獨處時的態度的確有如天壤之別。

「事情並沒有這樣就結束呢！第二天，應該說是當天晚上，小莉馬上就把我男朋友甩了，原因是『已經不好玩了』，而在我們面前則說，她以爲我跟我男朋友只是普通朋友，爲了維持我們的友誼，所以她決定跟我男朋友分手！」

「那妳的意思是？」

「你跟她交往多久了？」

「一個月左右吧！」

「那我想你也差不多了！她通常玩個一兩個月就會厭煩了，所以你最好要有心理準備。」

「眞的嗎？」

「我想你的忍耐限度應該也差不多了吧！因爲小莉一向就是自我中心，想做什麼就做什麼，一開始會好像很乖的樣子，等到她認爲你不會在意時，就會開始我行我素了，我沒說錯吧。」

我點了點頭，可是也沒多做什麼表示，因爲我心裡一直回想著我和小莉相處的情形，如果眞的像她朋友所講的那樣，那我應該就快解脫了吧。

「謝謝妳告訴我這些事情。」

她的表情突然閃過了一絲訝異，因爲我的表情和口氣都是愉悅的。

「你不難過嗎？很多男生都捨不得和小莉分手耶！通常小莉一說要分手，那些男生就好像世界末日來臨了一樣，你不會捨不得嗎？」

「世界末日眞的來臨的話，那就是我重生的開始！」

有那麼一瞬間，我還眞希望明天就是世界末日呢！看了看錶，七點三十分，我高興地走進包廂，決定靜靜等待世界末日的來臨。

42

不知道是誰出的餿主意，竟然要我邊唱歌邊送小莉生日禮物。大家起鬨要我點首歌唱給小莉聽，而大家也會在我唱歌時把禮物拿出來。

我說不過一群女生，只好點了一首〈想見你〉，但是我點這首歌時，心裡想的人卻是CHIE。接近平常我跟她相約上線的時間了，但是我沒辦法抽身回家上網，這首歌最符合我現在的心情了。

「想見你，沒有你，每天生活只剩呼吸……」邊唱著，我邊拿出口袋中包裝精美的小袋子，輕輕放到小莉手中，「閉上眼，晃動的全都是你，想見你，我的心，其實從來不曾離去，全世界，最重要的就是你……」

我一唱完，那群女生就開始尖叫起來。

「小莉！妳男朋友唱歌好好聽喔！」

「呀！好棒喔！好浪漫喔！」

「快拆開來看，看他送妳什麼東西呀！」

大家你一言我一語的，催促著小莉打開那個小袋子，就在小莉打開袋子，輕輕拿出那條項鍊時，大家就安靜下來，彷彿連呼吸都要停止了一般，看著小莉手中的鍊子在螢幕的光線下反射出漂亮的銀光。

「喜歡嗎？」

這只是禮貌性的問問而已，沒想到小莉好像很感動似地點了點頭。不過，聽過她朋友所說的事之後，現在我忍不住懷疑小莉的感動是眞是假了。

「哇！好棒喔！這是純銀的嗎？」

「小莉！借我看一下！」

「我男朋友都不曾送我那麼漂亮的項鍊耶！」

「我看我們的禮物都要收回來囉！光被這條鍊子一比就比下去了！」

小莉的朋友又開始你一言我一語的討論了起來，其他男生還是只有陪笑的分，我卻有點心虛了。雖然我是對著小莉唱歌，但我心裡想的人是 CHIE。很奇怪對吧！我沒見過 CHIE，卻能感覺到她的存在，好像我們很久以前就見過面了一樣。

「霖，幫我戴上好嗎？」

小莉臉上滿足的表情，證明我今天的表現應該不會讓她丟臉了。我想，她要的面子應該也有了，爲了幫今天畫下完美的句點，我就在小莉朋友們羨慕的眼光中，爲小莉戴上那條銀色的鍊子。

「今天小莉生日，男朋友沒有獻吻怎麼行！」

不知道是誰說了這句話，然後在場的女孩子又開始吵著要我親小莉。我和小莉交往一個月了，也只是牽過手而已。再說，我對小莉實在沒有那種感覺，所以一時間眞不知道該怎麼辦才好，一旁起鬨的人又不斷催促，要我快親小莉。在無計可施之下，我只好硬著頭皮，彎下了腰，低下頭，閉緊了眼睛往下親，很巧妙地閃過眾人的視線，輕輕親了小莉的臉頰一下。

「霖？」

雖然小莉的朋友們沒注意到我只親了小莉的臉頰，小莉她本人可是清楚得很，驚訝、錯愕、不解，加上一點點自尊心受創的感覺交錯在她臉上，我想我這麼做，應該算是滿尊重她的吧！那爲什麼她又一臉受傷害的表情？直到一群人唱累了，說要去海邊兜風，大家才離開了好樂迪。

「我有點累，想先回去了，謝謝你們今天來幫我慶生！」

這次，出乎我意料的，小莉竟然自己先提出要回家。而她的朋友們也沒多說什麼，一群人就騎車揚長而去了，留下我跟小莉，還有我的摩托車。

「妳的朋友都不說些什麼就走了呀？」

我發現小莉的朋友表面上看起來跟她很要好，實際上卻沒什麼感情，說是幫小莉慶生，從頭到尾連句生日快樂都不說，這是因爲小莉的個性使然？還是另有其他原因？

從摩托車的置物箱中拿出安全帽遞給小莉，我不願多想，只想快點送她回宿舍。

「上車吧！」我發動車子，扣好安全帽，但小莉站在原地，一動也不動。

「怎麼了？」

小莉抬起頭來，似乎想在我臉上找到些什麼，可是當她對上我的眼神，又只是搖了搖頭，默默地坐上了我的車，一路上都沒有再說過半句話。而我也只有專心地騎著車，希望能早一點回家。

我把車停在學校的女生宿舍門口，陪小莉走上那矮矮的幾層階梯，在小莉拿出門禁卡時，我拍了拍她的肩膀，很誠懇地對她說，「早點休息，別太累了！生日快樂！」

小莉並沒轉過身，跟平常一樣刷了門禁卡，自動門在「嗶」一聲後打開，而小莉在門關起來的那一瞬間，才淡淡地說了句謝謝。透過玻璃門，看著她走上樓，我才走回摩托車旁，發動車子騎回住處。

「十二點十分，不知道CHIE還在不在？」

把車停好，看了一下手錶，匆忙地開門、開燈，連東西都先直接丟到地上。

「嘉欣！我回來了！」

別懷疑，這個習慣我還沒有改掉，我並不會因爲交了女朋友，或是在網上認識了CHIE，就馬上忘掉了嘉欣。只是現在，這眞的好像變成了「習慣」，因爲我在叫嘉欣的名字時，已經沒有像過去那樣難過寂寞了。

「拜託！希望她還在！」

我衝進房間，打開電腦並馬上撥接上線，在聽著撥號聲時還自言自語著，彷彿這樣祈禱，就能如願看到CHIE的ＩＤ。連上ＢＢＳ站，迫不及待地進入談天的選單，在查詢使用者的地方打上了CHIE。

CHIE（跟你談一場虛擬戀愛）共上站一五七次，發表過六七一篇文章
上次在［Tue Jun 20 21:03:57 1999］從［163.31.242.77］到本站一遊。
信箱：［ ］，經驗值：［八○三］（中級站友）表現值：［九二］（優等生）生命力：［二一九］
使用者目前不在線上

在這虛擬的世界裡，我用文字與符號談戀愛，
將名字化成了ＩＤ，與網路上的你談情說愛，
我是網上的灰姑娘，只有在上線時敢見王子，
只因離開網路之後，就失去了當公主的條件，
失去了任何去愛你，或讓你繼續愛我的條件，
我將會是你的公主，但你會是愛我的王子嗎？

「果然已經走了……」

我整個人癱在椅子上，強烈的失落感滿滿地佔據我的整個腦子，我無法思考，也不想去思考，就這樣呆坐在電腦前不知道過了多久，整個房間裡只聽到電腦啓動時風扇轉動的聲音，還有牆上時鐘秒針滴滴答答的聲音……

「也對，現在都已經過十二點了，灰姑娘當然不可能還在線上等我囉！」小小地自嘲了一下，然後進入使用者清單中掛網，走到廚房，開啓咖啡機煮咖啡，我就帶著鬱悶的心情進浴室洗澡了。

「下個星期，也差不多該回去了。」我邊洗澡邊想著，學長學姊已經先回家了，小莉又說七月初要下墾丁玩，如果玩一個星期，那回來後，也該找個時間去看嘉欣了，而且，我也想在最近跟小莉說清楚，當初真的不該答應她跟她在一起的！我想，我還是一個人會比較好吧！那就不會傷害任何人了！

想到這，我關掉水龍頭，擦乾身體，浴巾圍著就走到廚房去把煮好的咖啡倒到杯子裡，然後又悶悶的走回房間。

我沒想到，CHIE 竟然在我去洗澡的時候，又上線了一次！看著電腦螢幕上的訊息，我簡直不敢相信！趕緊到回顧訊息的頁面去看，我差點沒暈倒，我一去洗澡，CHIE 就上線了！

「你終於出現啦！」

「不理我？你在忙嗎？」

「你再不理我，我就走了唷！」

「我們這麼久沒聊天，你今天還遲到，很惡劣喔！」

「如果你沒有給我一個合理的解釋的話，看我以後還理不理你！」

「你真的不在呀？是斷線嗎？」

「難得我這麼晚還在線上耶！你真的不在嗎？」

「算了，我看你是真的不在了，我要先走了。」

「晚安了，拜拜囉！」

「我真的要走了唷！」

「最後一次問你，你到底在不在呀？」

「我這樣自言自語的，好像神經病喔。」

「看你閒置了十三分鐘，我看你是真的不在了。」

「基於禮貌，我還是要對你的屍體說聲晚安囉！拜拜！」

「當你看到這個訊息，我已經離線了，別回我訊息！」

「P S. 我好想你……」

那句「我好想你」就是我在螢幕上看到的最後一則訊息，我的精神差點在一瞬間就崩潰了！為什麼那麼巧？寫小說都沒那麼唬爛！我現在真想一頭撞死在電腦桌前！

「我怎麼那麼倒楣……」正當我想開始自怨自艾一番時，電腦又傳出了嗶嗶聲，我以為CHIE又上線了！結果猛然抬頭一看，卻看到了一個陌生的ＩＤ，和一句莫名其妙的訊息，「OOXXPLAY：阿銘，明天約幾點呀？」

「你傳錯人了。」

沮喪地回了訊息，電腦又傳出嗶嗶聲，我下意識地打了「沒關係」後傳出去，我想那個人應該會回訊跟我說抱歉才對。

「什麼沒關係？」

CHIE？我沒看錯吧！竟然是CHIE傳訊給我耶！她不是下線了嗎？懷著又驚又喜的心情，我快速按下了「CTRL＋R」，回應我的網路灰姑娘。

「CHIE，妳怎麼又上線了？」

「怎麼？不希望看到我呀？」

「沒有沒有沒有！我怎麼可能會不希望看到妳！」

「呵，真的嗎？」

「嗯！真的啊！」

開玩笑，要是我不想看到她，又怎麼可能掛在線上等她，而且還為了錯過她上線的時間懊悔不已，要是我眞的說不想看到她，就只有一個可能，那就是我說謊！

「有空聊天嗎？我要按邀請囉！」

「當然有！當然有！」

看著CHIE呼叫我的畫面，我高興地按下Y，看來幸運之神還沒拋棄我！

「你今天怎麼這麼晚才上線？」

「這個等一下再說！」

「等一下再說？那你現在要跟我談什麼？」

爲了確定一件事，我決定要面對眞正的自己，所以深吸了一口氣，鼓足了勇氣打了這句話問CHIE。

「我想問妳……妳剛剛傳給我的最後一句話，是不是眞的？」

「什麼最後一句？」

「就是『我好想你』那句……」

「你說呢？」

CHIE打出了笑臉，應該不會錯了吧！也因爲這個笑臉，給了我更多的勇氣，在我發現時，我已經把心裡的話打出來了。

「因爲我發現我也好想妳。我想，我是喜歡上妳了，也許說喜歡還太淺了一點，可是我還是想說，也許我已經愛上妳了也不一定……」

終於說出來了！這是繼嘉欣之後，我第二次對一個女孩子說這種話，很可笑吧！我連CHIE 長得是圓是扁都還不知道呢！可是就是這麼奇妙，我在不知不覺中，已經愛上了這個藏在螢幕與文字符號背後的灰姑娘了。

44

對一個人表白，是需要很大的勇氣的。當我打出那句話，我的勇氣好像在一瞬間就消失了。看著在螢幕上閃爍的游標，我開始緊張害怕了起來，害怕什麼呢？害怕 CHIE 給我負面的回應，而什麼是負面的回應呢？我也說不出來，總而言之，我現在正看著電腦螢幕，然後自己給自己壓力……

「你今天是不是吃錯藥啦？還是爲了今晚遲到在內疚？假如不是前面兩個理由的話，那就是你頭腦燒壞了！」

看吧！我果然得到了負面的回應，CHIE 認爲我在跟她開玩笑嗎？

「不！我是認眞的！」

「認眞開我玩笑嗎？」

「爲什麼妳會這麼認爲？」

我實在不能了解，CHIE 不是希望我拿出眞心對她嗎？那爲什麼我現在開始對她認眞了，她卻用這種態度來回應我？

「我問你幾個問題，你一定要認眞回答我喔！」

「什麼問題？該不會是心理測驗吧？妳現在才想測試我的個性，再來決定我們兩個到底適不適合嗎？」

「不是的，我想問的，是和我們現在的情況有密切關係的問題，你只要認眞回答我就行了，好嗎？」

「好吧，妳問吧！」

我不知道 CHIE 到底在想什麼，但我還是沉住氣，耐心地看著從下半視窗一個一個出現的，CHIE 打的字。

「首先，你現在看到的我，叫做 CHIE，一個網路上的ＩＤ，我躲在螢幕後面，你沒看過我，我也沒見過你，難道你不想看看我長什麼樣子嗎？」

CHIE 長什麼樣子？我當然想知道！可是就我所感覺的，CHIE 應該是像蒂嘉那樣可愛的小女生吧！我上網一年多，在網上又不交朋友，自然是沒見過網友，也沒有特別想見網友的念頭，可是 CHIE 這麼一問，我興起了想見她的念頭。

「如果我說我想見妳呢？」

「你不怕你會失望嗎？也許我是個男的，也許我是隻恐龍，更慘一點的話，也許我是隻身體有缺陷的恐龍，你不怕嗎？」

其實 CHIE 現在問我的話，就是當初她第一次找我說話時我所懷疑的，雖然我這麼猜想過，但我還是比較相信我自己的感覺！

「我不怕！我喜歡的是妳的個性，又不是妳的外表，就算妳是恐龍又如何？」

這句話是出自眞心的，雖然別人都說網路無美女，網友十之八九都是愛國者，但是如果我遇到的是一個漂亮卻個性不好，甚至是不了解我的內心的人，那我還寧願選擇一個長得不好看，卻跟我個性相合的女孩子。

「我記得我應該跟你說過，我只想談網戀對吧！」

「嗯，妳是這麼說的沒錯。」

「那你能只在上線時愛我嗎？」

「什麼？」

我實在不懂 CHIE 說這句話的意思，什麼叫做「只在上線時愛她」？

「就是我們只在網路上見面跟交談，不見面，不通電話，對你而言，我只是一個虛擬的ＩＤ，隨時會消失，隨時會不見，可以嗎？」

看到這句話，我愣住了，消失？不見？就像嘉欣那樣嗎？那種一瞬間就失去一切的痛苦，我還能再承受一次嗎？

「可以嗎？」

CHIE又問了一次，但她看不到電腦這端的我有多麼痛苦。相對的，我也無法從螢幕上的幾行字，揣測電腦另一端的她現在臉上到底是什麼表情。

「如果我說我不能接受呢？」

「那你就喪失了跟我談網戀的條件了！」

不會吧！這樣就被宣判出局了嗎？這讓我更不能接受了！

「爲什麼？一開始說要談網戀的是妳，希望我拿出眞心，放感情在妳身上的也是妳，現在提出這荒謬理論的還是妳！CHIE，妳知道嗎？這樣我眞的很難理解妳到底在想什麼，我也很難接受，尤其是在我已經對妳動心的情況下，要我收回這份感情，我完全無法做到！」

不知道爲什麼，我激動了起來。也許是因爲CHIE那些讓人無法接受的理由傷害了我，也或許是因爲CHIE又讓我想起失去嘉欣的痛苦。我覺得心臟好像被揪住了一般，她每打一個字，我的心就開始隱隱刺痛，痛得讓我無法呼吸。

「我以前就說過了，網戀就是這麼一回事，離開網路後，我們都有各自的生活，我不希望網路上的種種會影響到我的現實生活！」

「可是妳不是說妳會想我嗎？」

雖然這麼問有點厚臉皮，但她的確說過這句話，也就是因爲這樣，才會讓我興起了要進一步接觸的念頭，不是嗎？

「我是這麼說過沒錯。」

「那妳又說不會影響妳的生活，妳會想我，也算是影響到妳日常生活的心情吧！」

「我沒影響到我的現實生活。」

「妳騙人！」

我們兩個好像快吵起架來了，這也好像是我第一次用這麼差的口氣和 CHIE 對話。

「我沒騙你，我上網時是在想你，但是現實生活中，我想的卻是另一個人。」

另一個人？CHIE 已經有男朋友了？還是她有喜歡的人？那我呢？我又算什麼？想到這，我不由自主地難過了起來。

這是第一次，我沒跟 CHIE 說再見就下站了，而且我不是按照正常程序下線，我是直接按下電源，看著電腦「啪」地一聲關掉。

「嘉欣！告訴我！我該怎麼辦？」

也不管現在已經是半夜了，我失控地叫了出來，然後雙手握拳，用力地搥打房間的牆壁，耳朵聽見的，除了我搥牆壁時傳回來鈍鈍悶悶的聲音外，我似乎還聽見了自己心碎的聲音。

「嘉欣……嘉欣……」

不知道我搥了多久的牆壁，直到已經感覺不到疼痛，我的眼淚，也如同從牆壁與拳頭之間流出的鮮血，慢慢從臉頰旁流了下來。

這是送走嘉欣後，我第一次哭。我以爲我的眼淚早就流乾了，沒想到現在竟然爲了 CHIE 流眼淚，眞是可笑！一個從未見過面講過電話的人，竟然讓我開始動心。

我把自己的背重重往牆壁一靠，順著牆壁，坐到了地上。看著染滿鮮血的雙手，我彷彿回到嘉欣出車禍那天，那時也跟現在一樣。唯一不同的是，這次的血是我自己的。

不知道是因爲哭累了，還是因爲用盡了力氣，我竟然就這樣昏了過去。

「振霖，你會愛我一輩子嗎？」

這是兩年多前，嘉欣問我的問題。

「當然會呀！爲什麼妳突然這麼問？」

「我在想，要是有一天，我們其中一個人出了意外，那另一個人怎麼辦？」

「意外？妳是指因意外而死亡？還是殘廢？」

「都有吧，但是我比較在意死亡。」

嘉欣牽著我的手，轉過頭來看著我，我實在不能看透她到底在想些什麼，又爲什麼會想到這個問題。但是，我從她眼神中讀出了一個訊息，那就是她想知道我怎麼回答。

「這當然不用說，妳殘廢的話，我一定會照顧妳一輩子的！」

「可是我死了的話呢？」

我捏了一下嘉欣的鼻子，嚴肅地說：「別提什麼死不死的！我們一定會活到七老八十的！妳一直問我，那妳的答案又是什麼？」

「如果你殘廢了，我也會一輩子陪著你，但是如果你死了，我想我不會獨自活在這世上吧！」

「爲什麼？」

「你還記得我們以前國文課時讀過林覺民的〈與妻訣別書〉吧！我想過，要是你比我早死的話，我一定無法承受那種痛徹心肺的感覺！所以我寧願在你走後，跟你一起去！甚至是比你早走一步！」

「傻瓜！妳想太多了啦！可是話說回來，妳那麼堅強都會受不了了，那我怎麼辦？妳就忍心讓我感受那種傷痛嗎？這樣妳未免太任性了吧！」

「我相信，就算我死了，你也一定會堅強地活下去，對不對？」

嘉欣笑了，我也笑了，因爲我只當這是個玩笑。

「答應我，不管發生什麼事，都要好好活下去，好嗎？」

「好了啦！現在又不是演電影，還好好活下去！」

我半開玩笑地說著，沒想到現在換嘉欣認眞了起來。

「我很認眞在說耶！這不是開玩笑！」

嘉欣的嘴嘟了起來，右手輕輕打了我的肩膀一下，表情看起來像在怪我不重視她的話一樣，帶著些微的怒氣。

「好好好，我答應妳好不好，別生氣了啦！」

我把嘉欣拉近我身邊，輕輕摟著她，而她也把頭靠在我的肩膀上，我們就這樣靜靜坐著，多希望時間就這樣停在這甜蜜又幸福的時刻。

「鈴——鈴——鈴——鈴——」

一陣鈴聲將我驚醒，我往窗外一看，這才發現已經天亮了。我連忙接起電話，卻感到手上傳來一陣陣要人命的疼痛！

「啊！」我下意識叫了出來，手上的話筒也差點掉到地上。

「學弟？你怎麼了？」

學姊緊張的聲音從話筒另一端傳來，而我則是邊和學姊講話，邊看著腫到不像話的左手，不用說，我的右手一定也好不到哪去！

「沒……沒什麼……」強忍著疼痛，我裝做沒事的樣子，可是照腫脹的程度看來，我得跑一趟醫院了。

「沒事就好，我還以為你叫那麼大聲是怎麼了。對了，你今天要回來嗎？你學長有東西忘了帶，今天會開車上去，你要回來的話，就順便搭他的車吧！」

我看了看手，再看看房間內血跡斑斑的牆壁，最後視線停在電腦桌上的電腦，手都變成這樣了，我這幾天，一個人應該什麼事都不能做吧！

「好吧！學長什麼時候到？」

「下午兩點多吧！他到了我再叫他打你手機，你先把東西整理好吧！」

「喔，我知道了……對了學姊，妳幫我打一通電話給小莉好嗎？」

「為什麼要我打電話給她？你自己不會打喔？」

學姊的口氣突然變得很差，但是我現在這種樣子，連要開門出去都很難，可是學姊……「呃，好吧，我自己打。」

「好了，不跟你多說了，等你回新竹再說吧！我有事要出門了，拜拜！」

「拜拜……」

學姊掛掉電話後，我撥了小莉的手機號碼，我想，現在也只有她能幫我了。

46

當小莉趕來時，我連門都沒辦法開，只好告訴小莉我藏備用鑰匙的地方，請她自己開門進來。

「霖，你怎麼會突然叫我過來？這還是我第一次來你住的地方呢！」

小莉一進門就對著我微笑，可是她的笑容只維持不到三秒，隨即就因為看到我擺在茶几上的照片而凍結。

「怎麼了？」看見小莉愣在那裡，我也沒多想什麼，只是直覺地問她。

「沒、沒什麼，你還沒說你叫我來是有什麼事。」

小莉很勉強地擠了一個微笑給我，而我已經痛得臉色發白了。

「呃……小莉，妳會騎機車嗎？」

「當然會呀？問這做什麼？」

「那妳能先載我去看醫生嗎？我的手受傷了，不太方便騎車。」

我這麼一說，小莉這才注意到我的雙手，不看還好，她看了還差點尖叫。

「發生什麼事了？怎麼手腫成這樣？機、機車鑰匙在哪？快！我帶你去看醫生！」

小莉慌慌張張找出鑰匙，然後飛也似地拉我出門去醫院。先前出去都是我載小莉，今天是第一次讓她載，這才知道小莉騎車比男生還猛！因此，不到十分鐘，我就坐在醫院的急診室裡了。這急診室我已經是第二次來了，第一次就是上次我發燒的時候。

「嗯……你的手骨似乎已經裂開了喔！最好先打個消炎針消腫，然後再用板子固定起來，至少要休息一兩個月。」

醫生拿著我的X光片邊看邊說，說完，還叫旁邊的護士帶我去打針包紮。

「一兩個月？那不就要開學了？可是我們下個月不是要去墾丁玩嗎？」

挨了一針，護士不客氣地用「適當」的力道幫我包紮著，雖然已經痛得快受不了了，但我還是擠出了一個笑容給小莉。

「沒關係的！還是可以去，頂多就是洗澡不太方便就是了！」

「你還是在家休息比較好吧。」

「妳不是很想去嗎？既然都說好了，那就去吧！對了，我今天就要回新竹了，等一下能不能麻煩妳幫我收拾一下東西，學長會來載我！」

護士包紮完，寫了幾張單子後，就要我和小莉等著領藥，而小莉接過單子，對我點了點頭，「嗯，看你這樣子，還是回家比較好！有人可以照顧你。」

小莉說完這句話後，就不說話了，一直到載我回家。她進門再次看到嘉欣的照片時，終於忍不住開口問我了。

「霖，照片裡的女生是誰？」

「呃……我的前女友。」

「你還喜歡她嗎？不然怎麼還會擺著她的照片？」

我沒回答小莉，因為我不知道該怎麼回答，所以只好轉身進房間，準備收拾東西。沒想到小莉一跟進來，看到電腦桌上那張照片就更火大了！因為那張是我跟嘉欣的合照，從照片中很明顯的看出，我們兩個人是甜蜜且幸福的！

「你不回答，就是你還忘不了她囉？」

小莉的口氣裡充滿著嫉妒與憤怒，而我又怎麼告訴她，她現在嫉妒的是個早已不在人世的人？

「都已經過去了，放著這照片，只是讓自己知道，別再輕易地去傷害別人，甚至是傷害自己了。」

「什麼意思？」

「沒什麼，我只能說，我跟她是永遠沒有機會在一起了！」

「真的嗎？」

小莉不太相信地再問了一次，我卻不想多說，一個人坐在床上。

「嗯……你幾點要走？」

小莉大概是察覺到我的陰沉吧！再加上我雙手都包著厚厚的繃帶，於是她逕自打開我的衣櫥，想幫我打包衣物。

「大概一兩點吧！」

「是喔……」

諸如此類的無聊對話持續了半小時，直到小莉照我所說，打包好我要帶回新竹的行李時，也已經接近中午了。

「霖，你是不是很討厭我？」

小莉拉上背包的拉鍊，抬頭看著坐在床上的我。不知道爲什麼，我有不好的預感。

「爲什麼突然這麼問？」

小莉摸了摸臉頰，就是我昨晚親她的那個地方，若有所思地說：「交往了一個多月，我們的進展還是只能到這裡嗎？」

她的話讓我嚇了一跳。是我太保守，還是現在的女孩子太開放？我也是跟嘉欣交往了半年多才開始有比較親密的動作，小莉所說的話，是我從來沒想過的。

「霖，我眞的很喜歡你，你知道嗎？」

小莉邊說邊站起來走近我。我感覺到一股莫名的壓迫感，在我還來不及反應時，她突然抱住了我。而我因爲小莉用力過猛，往後倒在床上。現在從旁邊看起來，小莉剛好就壓在我身上，形成了一種很尷尬的姿勢。

「小莉，妳怎麼突然……」

我話還沒說完，小莉就在我不注意的情況下吻了我，讓我突然想起昨天的電影，只不過現在親吻的立場好像顚倒了。雖然不是第一次和女生接吻，但是我有一種奇怪的感覺，一種讓人厭惡的感覺。

我想推開小莉，但雙手實在是痛得使不上力，接下來的事更讓我感到害怕了……因爲。小莉正在解開我襯衫的釦子……

47

如果要以動物來形容現在的我，我想我就像一隻被獅子咬住咽喉的小羊，根本沒有反抗的能力。如果要換成是昆蟲，那我就很像被困在蜘蛛網上的蝴蝶，只有等死了。

「鈴——鈴——鈴——」

就在我即將慘遭「玷污」時，我的手機適時響起，我感動得想好好感謝這個打電話來救我的人！

「小、小莉，我要接電話！」

小莉好像被我的手機嚇到一樣，連忙離開我身上，但是因爲我沒辦法接手機，只好請小莉幫我拿著。

「學弟！東西收好沒？」

是學長！我感動得差點掉下眼淚，要不是他，我可能就要「失身」了！

「收好了呀！學長你什麼時候到？」

「到？我已經在你家樓下了啦！我比較早出門，所以現在要回去了啦！」

「喔！那我馬上下去！」

我高興的神情，我想小莉應該也看到了。她也沒多說什麼，幫我拿著背包，鎖上門，一言不發地跟著我走下樓梯。到了樓下，學長還笑咪咪地跟我和小莉打招呼。

「我應該沒有打擾到你們吧？」

學長這麼一說，小莉的臉就紅了起來。奇怪？該臉紅的人應該是我吧！

「學長，我有事先走了！」

小莉說完就跑掉了，留下一臉疑惑的學長跟我，還有蒂嘉？

「嗨！」她一樣坐在她的黑色Corsa上，不過我想剛剛學長說的話，還有小莉跑掉的情形，她一定都看得一清二楚了吧！

「嗨，午安……」我尷尬地向她揮了揮手，臉上的笑容有點僵硬，不過這一揮，就讓她看到了我手上的繃帶，這次換她一臉疑惑地看著我了。

「那是……被你女朋友打傷的呀？」

「呃，不是，這個……」

「學弟，你是在馬路中間跌倒是吧？不然怎麼雙手好像被卡車壓過一樣？」我話還沒說完，學長就打斷我，以誇張的語氣損我，而我也只能尷尬地笑一笑。

「沒有啦，昨天發生了一點事，所以……」

「上車吧！要說你的手是怎麼回事，也等上車再說吧！外面熱死了！」

學長幫我開了車門，把我「塞」進車裡，然後也坐了上來，不過一直到新竹之前，他也沒再問我手受傷的事，而蒂嘉也沒多講些什麼，只是專心地開著車。

「學長……你喜歡學姊哪一點？」

快到我家時，我忍不住這樣問了學長，因爲平常看學姊和學長打打鬧鬧的，可是大家都知道學長還是很愛學姊的。

「你說敏靜嗎？」

「不然還有誰？」

「呃……等你長大就會懂了啦！」

「學長，你也幫幫忙，我不是跟你開玩笑的耶！」

「哎唷，愛情這種東西，別問我啦！自己體會比較快啦！」

學長這一番話，讓我無法再問下去了，我實在不知道要怎麼問學長會不會愛上一個從未見過面的人。奇怪的是，在我問學長時，似乎驚覺到蒂嘉不太高興我談這種事，我這才想到蒂嘉曾爲了愛情吃過苦頭，因此我也乖乖閉嘴，不敢再繼續說下去。

「怎麼？跟小莉鬧得不愉快呀？不然你怎麼會問這種問題？」

學長沒注意到蒂嘉不悅的神情，反過來調侃我。我緊張地注意著蒂嘉的動靜，沒想到卻看到她握著方面盤的手好像又握得更緊了！

「沒有……沒事啦……」

「是嗎？我看不像沒事的樣子喔！看你的手，跟今天的場面，一定是有什麼事情發生……」

「嘟嚕嚕嚕——嘟嚕嚕嚕——」

學長的手機響了，今天好像手機都知道情況不對一樣，會在最適當的時間響起，不過最厲害的還是那個打電話來的人，時間抓得眞準！

「喂，敏靜？什麼事……喔，要去大茶壺是吧？嗯，我們快到市區了，那我等下直接過去，等我一下喔！嗯，OKOK，我知道了，拜拜！」

一聽就知道學姊要找學長去喝茶，而蒂嘉也把方向盤一轉，往市區圓環的方向開去，然後把學長丟在圓環旁的人行道上。

「笨妹，等一下我自己會回去，不用來接我們了！」

蒂嘉向學長吐吐舌頭，扮了張鬼臉，然後就把車開走了。

「你趕著回家嗎？」

這是學長下車後，蒂嘉對我說的第一句話，也剛好嚇到了還在想事情的我。

「啊？什麼？妳剛剛問我什麼？抱歉我沒聽清楚。」

「假如你不趕著回家的話，陪我到南寮走走好嗎？」

在遠東百貨的紅燈前，蒂嘉從駕駛座轉過頭來對我微微一笑。看著她的笑容，我好像看到了嘉欣的微笑，於是，我不由自主地點了點頭……

48

到了南寮，蒂嘉把車子停在堤防邊，然後我們從旁邊的樓梯走到堤防上面，我讓蒂嘉扶著我坐了下來。

「妳心情又不好啦？」

我記得上次蒂嘉對我說過，她會想來海邊走走時，就是她心情不好的時候。

「你怎麼知道？」

「上次妳自己說的呀！」

蒂嘉微微一笑，卻藏不住她眼裡的疲憊，帶著點憔悴的表情，讓人有一種想把她擁入懷中的衝動。可是我不行，以我現在的狀況看來，不該再讓別人產生我喜歡她的錯覺了。

「沒想到你還記得，不過我也不知道爲什麼，就想跟你一起來，也許是因爲上次跟你說了一大堆，你也能耐心聽我說話，所以我才想再對你吐吐苦水吧！你不介意當一下我的心情垃圾桶吧？」

「妳就說吧！我會靜靜聽妳說完的！」

其實現在我心裡也是一團亂，但是聽聽別人的事情來轉移一下注意力，說不定回頭再想想自己的事情，會變得比較冷靜一點，事情也會比較好解決。

「我應該跟你說過，我不相信愛情了吧！」

「嗯，妳說過。」

「但是我最近又遇到愛情方面的問題了。」

這感覺眞是奇怪，一個不相信愛情的人，和一個不輕易付出感情的人，現在竟然並肩坐在海邊的堤防上談愛情問題！

「又有怪怪的男生纏著妳了嗎？」

蒂嘉白了我一眼，我發現她生氣的時候也很可愛。

「才不是呢！那些小男生我才不放在眼裡呢！」

「別忘了妳自己也是小女生。」

「我不小了！我快滿十八了耶！」

「可是妳所說的『小男生』，也快滿十八了不是嗎？」

蒂嘉撥了撥被吹到臉上的幾根髮絲，若有所思地說，「女生在二十歲前應該都比男生早熟吧！我指的是心智上的早熟！你十八歲時心裡想的是什麼。」

「十八歲？那時我應該是拚命在念書吧！也沒特別去想些什麼。」

「是喔，那你除了念書之外，都沒有別的娛樂或是消遣了嗎？」

仔細想想，我十八歲，剛上大學，認識了嘉欣後，幾乎空閒的時間都在陪她，她也忙著打工賺錢，所以眞的是沒什麼娛樂或是消遣。

「我想沒有吧！別扯太遠了，妳還沒說妳爲什麼心情不好呢！」

「你認爲，人有可能愛上一個從未見過面的人嗎？」

蒂嘉的話讓我心頭一震，她遇到的問題該不會跟我一樣吧？

「妳、妳是指哪種人？」

「嗯，沒有啦！隨口問問而已，只是我覺得，愛情這種東西，眞是讓人難以捉摸，雖然我談了好幾次戀愛，還是搞不清楚愛情的意義。」

說完，她嘆了一口氣，若有所思地說了一句話，只是剛好一陣海風吹來，讓我聽不清楚她說的話。

「今天在你家樓下的那個女生，就是你女朋友呀？」

「呃？」

「我們第一次見面時敏靜姊說的呀！你不是有一個女朋友？敏靜姊還說你很愛她呢！」

「那個……那個女孩子不是學姊說的那一個……」

「你腳踏兩條船？」

「沒有啦！我也不知道該怎麼說，不過我沒有腳踏兩條船就對了。」

其實講這句話的時候我有點心虛，我在現實生活中跟小莉在一起，上網的時候跟CHIE談情說愛，午夜夢迴時，腦中浮現的卻是嘉欣的臉。

「不然那個女孩子是誰？」

「嗯，昨天之前，她應該算是我的女朋友吧！」

「原來你的手會變成這樣，是因爲你們在鬧分手呀？」

我搖了搖頭，看著自己受傷的雙手，我想我的心傷得比我的手還重吧！

「我眞是個爛人。」

「爲什麼？」

「沒什麼……反正愛情這種東西呀，在妳還沒做好心理準備前，還是別碰的好，不然會變得跟我一樣喔！」我晃了晃我的雙手，有點自我調侃地說：「這就是爛人的下場！」

蒂嘉「噗哧」一聲笑了出來，我也笑了，可是我們兩個人的笑容背後，都藏著淡淡的哀傷。

「你跟他要是同一個人那就好了。」

「什麼？」

蒂嘉剛剛講得太小聲了，所以我沒聽清楚，但是我問她的時候，她就再也不肯說她剛剛講了些什麼了。

「走吧！我們去吃冰！今天太陽好大，快熱死了！」蒂嘉先站起來，拍了拍牛仔褲上的灰塵，然後把我扶起來，也拍了拍我的褲子，好像如釋重負一般地說：「如果談戀愛需要萬全的準備的話，那我準備好時，應該就是對方了解我心意的時候了！」

第二次見蒂嘉，第二次跟她一起來海邊，陪伴我們兩個人的，是六月底的陽光、新竹的海風、南寮的海浪聲，還有，我們給對方的微笑。

49

我從海邊回家後，當然是被臭罵了一頓，誰叫我把手搞成這種樣子，回到家後，生活都有爸媽在打點，所以手傷所帶來的不方便也少了很多。休息了一個月，繃帶也拆了，雖然還是有點痛，但是只要注意不讓手受到劇烈撞擊就行了。

「嘿！你又在發呆了呀？」

「學姊，妳來了啊。」

「對呀，明天出去玩應該沒問題吧！」

「嗯！繃帶都拆了，現在做什麼事都可以自己來了，所以沒問題！」

「那你跟小莉是怎麼說的？該不會還要我們北上去接她吧？」

「呃……她明天會坐車到車站，我們去車站接她就行了。」

「好吧！你們約好就好，反正，明天早上你學長會先來這邊接我們，東西先準備好喔！不要到時又丟三落四的。」

「我知道。」

送走了學姊，我躺回床上，想著要如何在這次的出遊中，向小莉提出分手。雖然這樣對小莉來說有些殘酷，但是，我還是早點表明心意，才是對兩人都好的決定吧，這次的墾丁之旅，將是我第一次，也是最後一次跟小莉出遊了。

轉頭看了看空蕩蕩的書桌，我的電腦擺在中壢沒有搬回來，自從一個月前直接關機後，我就回新竹了，一直到現在，我都沒有再上網過，所以不知道 CHIE 有沒有生氣，會不會因爲我消失一個月而去尋找另一個網路白馬王子？抑或是跟現實生活中的那個「他」快樂地在一起？

想到這，我又難過了起來。我用手摀住了臉，這才了解到這種想哭卻哭不出來的感覺，是令人非常難受的。不知道想了多久，我的意識又模糊了起來。

「懶豬！起床了啦！」學姊重重地拍了我的屁股一下，我驚醒了過來。我不知所措地看了看四周，這才發現原來已經天亮了。

「現在幾點了？」

「八點了啦！我就知道你會賴床，所以就提早半小時來叫你，你東西一定都還沒整理對吧！」

「嗯，昨天妳回去後我就睡著了……」

「快點整理啦！你學長等一下就來了！虧我昨天還特地跑來提醒你，沒想到你根本沒把我的話當一回事！」

學姊沒好氣地說著。我只好乖乖拿出背包，塞了幾件換洗衣褲進去。老實說，我也不知道該帶些什麼，因此只花了五分鐘就把東西收拾好了。

「學姊，我準備好了！」

我走到客廳時，學姊正在和我媽一起喝茶，看到我那麼快出來，學姊還覺得有點不可思議，「你就只帶那個背包去呀？」

「是呀！不然還要帶什麼？」

「也對啦！男生跟女生就是不一樣，哪像我們，出門都要帶大包小包的。」

我抓抓頭，對學姊笑了笑，此時，門外傳來喇叭聲，我想應該是學長來了。

「他們來了，吳媽媽那我們走囉！」

學姊笑著跟我媽說再見，而我則是非常疑惑，「他們」？不是只有學長一個人嗎？也沒聽學姊說還有誰要來呀！

「快喔，上車出發囉！」

學長坐在他們家銀白色的九人座休旅車上，高興地向我們打著招呼，學姊把行李放到已經把最後面三個座位拆掉的空間，我則是在開了後座的門後，才發現蒂嘉也在車上！

「呃？學姊，妳怎麼沒說蒂嘉也要一起去？」

「怎麼？不希望我去呀？那我下車好了！」

「沒有啦！我不是這個意思啦！妳能來我當然很高興呀！」

「真的嗎？」蒂嘉給了我一個甜甜的微笑，便拿出了她的筆記型電腦。

「呃？妳出門還帶這種東西呀？」

「對呀！因為我要看股票呀！而且我還有一個重要的人要等，所以不帶這東西不行！」

「等人？」

「對呀！上線等人！」

「筆記型電腦要怎麼上網呀？難不成要透過手機？」

看了半天，我看到蒂嘉正拿出手機並插上線，然後點了連線的圖示，不一會兒，螢幕上就秀出了股市的分析圖。

「就是這樣沒錯！」

「可是用手機上線不是很貴嗎？」

「學弟，你別傻了，這點小錢對我老妹來說，可是不痛不癢的！」

學長邊說邊踩下煞車，後門準確地對上了小莉所站的位置，我才發現原來已經到車站了，而小莉上車後的表情，跟我上車時一樣驚訝。

「這位是？」

「喔！那個是我妹妹啦！她考完聯考了，所以我爸媽叫我帶她出來玩一玩，放鬆一下！」

小莉對蒂嘉笑了笑，蒂嘉當然也給了小莉一個不論男生或女生都會著迷的笑容，而我，則是夾在兩個女生中間傻笑的可憐男生。別以爲我這樣左擁右抱的很幸福，其實這是不幸的開始而已，而我的不幸，就在學長踩下油門的那一刻起，開始悄悄地跟著我了。

50

學長一路平穩地開著車，還跟學姊有說有笑的，蒂嘉用耳機聽著我不知道歌名的日文歌，小莉則是在快到台中時開始打瞌睡。也許是因爲一大早就起床趕車吧！所以她的頭，靠在我的肩膀上，沒一會兒就睡著了。

「這拿去給她蓋著吧！不然會感冒的！」

蒂嘉拿了件薄外套給我，要我蓋在小莉身上。現在雖然是炎熱的七月天，但是在開著冷氣的車上睡覺，穿得又少，的確是很容易感冒沒錯。

接過那件乾淨的白色外套，淡淡的洗衣粉味道，混著太陽曬過的乾爽氣味，竟讓我有種熟悉的感覺，好像在哪聞過這種味道。

「妳的衣服都是媽媽洗的嗎？」

蒂嘉拿下耳機，笑了笑，「你認爲呢？」

「應該是吧！不然妳怎麼有時間洗衣服？」

「學弟，我們家的衣服都是我老妹洗的喔！」學長看了一下後視鏡，然後打了左轉的方向燈，漂亮地超過一台紅色的小轎車。

「喔，是喔！」

我說了這麼一句，然後繼續想著是否在哪裡聞過這種味道，這種淡淡的、溫暖的味道，好像是嘉欣的味道，乾乾淨淨的，不是香水刻意製造出的香味，現在，我竟然又從蒂嘉身上找了回來。

轉過頭，從小莉身上聞到我不太習慣的香水味。雖然不是很喜歡那味道，但總不能要我把小莉推開吧？

「學弟，累的話，你也睡一下好了，等一下休息時我再叫你！」

學姊這麼一說，我還眞有點想睡，於是閉上了眼睛，跟著車子晃呀晃的，很快地進入了夢鄉……

「振霖，幫我拿著！」

一樣是七月底炎熱的夏天，嘉欣把一堆剛曬乾的衣服塞到我手裡，舒服的味道加上嘉欣的微笑，讓我忘記了炎熱，高興地邊聊天邊幫嘉欣摺衣服。

「要是天天都能像今天這麼悠閒就好了！」

嘉欣身體往旁邊一靠，正好就靠在我的身上，身上傳來的味道，跟那些剛收下來摺好的衣服一樣，我忘我地輕輕抱住了她，將鼻子湊上她的耳邊，聞著那清爽的味道，混合著洗髮精的淡淡香味。

「霖……你醒醒！」

小莉輕輕搖醒我，把我從這短暫的回憶中硬生生拉了回來，我這才發現她臉上帶著些微的怒氣。

「怎麼了？到了嗎？」

「你自己看不就知道了！」

我清醒了過來，發現我們在休息站的停車場裡，學長跟學姊好像先下車買東西了，車子還是發動著的，車上只剩我、小莉還有蒂嘉。

順著小莉的手指看向我的右手邊，不看還好，看了可眞是嚇得三魂七魄飛了一半！這也難怪小莉會生氣了，因爲我的右手正抱著蒂嘉！從剛剛小莉臉上的表情，還有我所做的夢來推算，我看我是凶多吉少了。

「小莉……呃……我、我……」

眞是要命！蒂嘉是什麼時候睡著的？竟然連我抱住她，她也毫無反應。

「你要說什麼？要我形容我醒來時看到你們抱在一起的情形嗎？」

抱在一起？難道……天啊！原來蒂嘉的雙手像在抱娃娃一樣，把我抱得緊緊的，我也不敢亂動，怕把蒂嘉給吵醒了。

「你們醒啦？要去上廁所或是吃點什麼嗎？」

「學、學長……救命呀……」

「怎麼了？」

學長適時的出現，眞是讓我百感交集，而現在的狀況，眞的讓我不知道該哭還是該笑，所以我只好指了指蒂嘉。

「喔，這是她小時候養成的壞習慣！她快醒來時就會放開你了！別擔心！」

學長雖然說得一副無所謂的樣子，但是小莉的臉色卻沒有因爲學長的話而稍緩，反而瞪著還抱著我，睡得不省人事的蒂嘉。

「你們都不吃東西或上廁所呀？那我們就出發囉！」

學長輕鬆地繫上安全帶，等學姊坐好後，就繼續開車。繞了停車場大半圈，然後順著路繞了個圓弧，重新回到高速公路上，因爲今天是非假日吧，所以車子並不會很多，車子是一路順暢地走著，學長的心情也很好，會跟著CD音響所放出的歌吹著口哨。

和學長的輕鬆形成強烈對比的，是小莉的不悅。一直到墾丁，小莉都還是綳著臉。就在這不協調的氣氛當中，蒂嘉抱著我的手終於放開，也讓我鬆了一口氣。

「喔？她放手了喔？那差不多過五分鐘就會醒了！」

學長說得沒錯，蒂嘉眞的在五分鐘後醒來，而且我發現她有起床氣，因爲她醒來後，臉比小莉還要凶。

「老天！妳終於醒了，我不知道妳這麼會睡！」

蒂嘉沒回我話，一樣板著一張臉，打開她的筆記型電腦。而學姊開了一瓶酸梅湯給蒂嘉，用右手食指放在嘴前，暗示我暫時別跟蒂嘉說話，我再轉過頭去看蒂嘉時，她又開始上網了。

「現在是下午了耶，應該沒股票可以看了吧？妳還要上線呀？」

看著她的一舉一動，我還是忍不住出聲問她，也沒注意到左手邊小莉賞給我的衛生眼。

「嗯！」蒂嘉只回應了這麼短短一聲，而且回話時，眼睛完全沒離開螢幕。

「眞是怪人，從一出發就抱著電腦不放，這麼愛上網，不會留在家裡打電腦嗎？」

小莉酸溜溜地說著。在小莉說這句話時，我發現到蒂嘉的眼睛微微地瞇了起來，似乎不太高興小莉在她上線時找她麻煩。正當氣氛有如暴風雨前的寧靜般安靜卻詭異，學長的笑聲化解了即將爆發出來的戰爭。

「哈哈哈，怪人，形容的好！我這老妹呀，從小就異於常人，也難怪妳會說她是怪人了！」

學長輕鬆地笑著，我看見小莉也笑了，好像是她打贏了這場還沒打起來的戰爭一樣，可是我轉過頭去，發現蒂嘉的眼睛雖然還是瞇著，唇角卻微微地揚起了得意的微笑。奇怪了？她不生氣嗎？一般女生聽到自己哥哥幫外人損自己時，應該會很生氣的吧！

「連自己的哥哥都覺得妹妹異於常人，那我看這人是沒救了！」小莉乘勝追擊地說著，得意的笑容，彷彿在宣布她占領蒂嘉國土的喜悅。

「對呀！優『異』得沒救了！」

這次換學長得意地說著，一旁的學姊大聲地笑了出來。而我是一臉驚訝，小莉的臉則是好像剛從糞坑裡撈起來一樣，臭得不能再臭了！唯一沒變的只有蒂嘉，她維持著剛剛的表情，好像早就知道學長會這麼說一樣，還是一樣盯著螢幕不放。

「XXX資訊站？」

我的眼神不小心瞄到蒂嘉剛連上線的BBS站，大大地吃了一驚！那不是我們學校的BBS站嗎！也就是我跟CHIE相遇的那個站！雖然覺得不太可能，但是我卻有那麼一點希望蒂嘉跟CHIE是同一個人，看著熟悉的登入畫面，我緊張地嚥了一口口水，靜靜看著蒂嘉鍵入她的ID。

正當我專心盯著蒂嘉鍵入ＩＤ，小莉的臉色愈來愈難看了。但是我的眼睛只顧著看著蒂嘉白細修長的手指，並等待她用手指打出我想看到的ＩＤ，一切就像慢動作一般，確實且清楚，但是就在蒂嘉的手指碰到鍵盤前，我嚇了一跳。因爲小莉握住了我的左手，而且力道不小。

「怎麼了？」

我被小莉突如其來的動作嚇得忘記我正在等著看蒂嘉的ＩＤ。雖然心中充斥著莫名的焦躁，我還是耐著性子，盡量讓自己的語氣像沒事一樣，但聲音中好像還是壓抑不住微微的顫抖。

「沒什麼，讓我這樣握著你的手就好，一下子就好。」

現在發抖的人變成小莉了，她緊緊握著我的左手，而我搞不清楚她是因爲太冷在發抖，還是因爲用力過猛而顫抖。

「學長，你把冷氣調小一點好了。」

我邊說邊偷瞄一下蒂嘉的螢幕，她已經進入板面看文章了，所以我還是沒看到她的

ＩＤ。但是至少知道蒂嘉也有上我們學校的站，這讓我開始有點期待，蒂嘉跟CHIE有沒有可能是同一個人？要是她們是同一個人，那我就不會有那麼多煩惱了。

「嘉嘉，要不要吃點東西？」

學姊轉過頭來，問著專心在打電腦的蒂嘉，不過，看樣子蒂嘉的起床氣還沒恢復，所以只對學姊搖了搖頭，又繼續打著電腦。

「小莉，好點了嗎？」

小莉沒回我話，只是慢慢鬆開了握住我的那隻手，若有所思地看著窗外不斷向後快速飛逝的風景。坐在我兩旁的兩個女生都不說話，也讓夾在中間的我感到非常尷尬。

「哥，你們學校的站又掛掉了啦！」蒂嘉說這句話時，已經是車內安靜了半個小時後的事了，不過看樣子，她的起床氣已經消退了。

「等一下再連吧！我們學校的系統太舊了，連到一半斷掉是常有的事！」

「喔！」

蒂嘉嘟起了嘴，又按了視窗上的連線圖示，我轉過頭去看了一下小莉，她還是一直看著窗外，不知道在想些什麼。我想，我該好好把握這次的機會，昧著良心偷看一下蒂嘉的ＩＤ，眞的，偷看一下就好，至少讓我知道她是不是CHIE……雖然自己心裡一直認爲天底下不會有那麼巧的事情。

「你怎麼一直看著我的螢幕？」

「呃，沒、沒有呀……」

天！被發現了，我就像是被抓到的小偷一樣，心虛地回著蒂嘉的話，深怕蒂嘉生氣，沒想到蒂嘉給了我一個微笑，把電腦塞到我手中。

「你有上BBS嗎？應該有吧！至少應該會上你們自己學校的站吧！」

看著手中的筆記型電腦，換我愣住了，立場在一瞬間完全顛倒過來。蒂嘉興沖沖地等著我鍵入ID，而我在心中掙扎著是否要打出平常常用的那個 CHIE 的網路情人的ID，還是要從好幾個分身中隨便挑一個出來，先敷衍蒂嘉一下。

「咦？你沒有帳號呀？」

蒂嘉對於我鍵入的ID感到相當吃驚，因爲我鍵入的是 guest，面對一個小女生，我竟然不敢暴露出自己的身分，連我自己都覺得奇怪，蒂嘉又不一定是 CHIE，讓她知道我的ID也不會怎麼樣呀！要是眞的那麼剛好，蒂嘉就是 CHIE，那不是更可以順水推舟，讓她知道我就是她的網路情人了嗎？但是看了一下身旁的小莉，要是現在我跟 CHIE 相認，那會是多麼尷尬的場面！所以我只好硬著頭皮，用 guest 上站了。

「呃……沒有啦！只是上去看看而已嘛！」我對蒂嘉笑了一下，雖然自己都覺得自己笑得很虛僞。

「學弟呀！我感覺到我的背後有殺氣喔！」學長開玩笑地說著，但是當我把頭轉向小莉那一邊時，發現小莉的臉色比剛剛還難看了！

「呃……小莉，怎麼了？」

小莉的表情變成了委屈，我似乎看得到有水珠在她眼眶裡打轉。她把嘴湊到我耳朵邊小聲絕對我說悄悄話，「我覺得我今天來好像是多餘的……」

說完這句話後，小莉停頓了兩秒鐘，又繼續說：「我……想回去了……」

「妳在說什麼傻話，快到墾丁了耶，妳現在說妳要回中壢？還有……妳爲什麼會這麼想呢？」

小莉只是搖了搖頭，不願再多說些什麼，又轉過頭去看著窗外了。

「嗯……蒂嘉，謝謝妳的電腦，我有空再用好了。」

連忙把筆記型電腦還給蒂嘉，我開始安撫著小莉，但是另一方面也還是很在意蒂嘉的ＩＤ，所以我眼角餘光繼續盯著螢幕看，只見蒂嘉在登入的畫面打上ＩＤ，我心裡跟著螢幕上所顯示的字母一個一個地唸著。

Ｃ……開頭是Ｃ耶！那有百分之二十五的機會了！蒂嘉有可能是CHIE嗎？

下一個……Ｈ！我的心臟緊縮了一下，現在至少有一半的機會了！我希望下一個字母會是Ｉ！

再來……I……是I！是I耶！我現在幾乎快要像女生看到偶像一樣尖叫出來了，但是在ＩＤ打完前，一切都還是未知數。我還是開始在腦中想像著，要是蒂嘉就是CHIE的話，那我該怎麼跟她相認？在想像的同時，我深吸了一口氣，看著蒂嘉打出了下一個字母……E！

CHIE……CHIE！蒂嘉就是 CHIE？我抑制不住自己的衝動，也不管一旁心情不好的小莉了，我激動得一把抓住了蒂嘉的左手。

52

這突如其來的舉動，讓車上的每個人，學長、學姊、小莉、蒂嘉，當然也包括我自己，都嚇了一大跳。

「怎麼了？有什麼事嗎？」蒂嘉顯然不明白爲什麼我會突然有這種動作，但她還是微笑問我。

「呃，沒、沒什麼……」

我真想一頭撞上擋風玻璃就這樣撞死算了！就算蒂嘉是CHIE那又怎樣？現在小莉在車上，氣氛又弄得那麼僵，我要怎麼跟CHIE相認？

呃？等等……F？螢幕上鍵入ＩＤ的地方什麼時候又多了一個F？CHIEF？那是什麼意思？

「呃……蒂嘉，CHIEF是什麼意思呀？」

「原來你剛剛想問的是這個呀？CHIEF有領袖的意思呀，不過上ＢＢＳ的ＩＤ本來就可以隨便取的吧！有人規定說一定要有什麼含意才能拿來當做ＩＤ的嗎？」

「嗯，是沒有啦。」

我的心像被掏空了一樣，現在只剩下強烈的失落感，我有那麼希望蒂嘉就是CHIE嗎？如果是的話，那爲什麼在失落感的背後，又有鬆了一口氣的感覺？

「好了，大家看吧！我們快到了喔！」

我看向窗外，看到了烈日下的大海，跟都市比起來，這裡眞的是遼闊了許多，也讓我剛剛慌亂的心情平復了不少。

「等一下到的時候自己去選房間喔！」

聽學長這樣講，我還以爲有很多房間可以選，但是等到到了學長家的小木屋時，我才發現完全不是這麼一回事。

「學長……等等！這樣房間要怎麼分呀？」

學長正忙著把他跟學姊的行李搬到主臥室裡，但是剩下的兩間房間剛好一間是單人房，一間是雙人房，那……讓小莉跟蒂嘉睡同一間，不會出問題嗎？

「怎麼分？看你自己囉！看你是要自己一個人睡，還是讓學妹跟我妹一起睡囉！或是……你想跟學妹或是我妹其中一個人一起睡？」

聽到學長這番話，我用力搖了搖頭，連忙把背包拿到那間單人房裡。

「霖……你要我跟學長他妹同一間啊？」小莉從今天一出門後就沒什麼好臉色，當然現在也是一樣，想也知道，誰願意跟自己討厭的人同一間房間。

「呃……忍耐一下，好嗎？」想想我們也才來玩三天而已，而且只有睡覺時蒂嘉跟小莉才會獨處，應該沒什麼關係吧！「我們去海邊走走好嗎？」

小莉也許是覺得我們兩個可以獨處了吧，所以露出了笑容，趕緊把行李拿去她跟蒂嘉的房間裡放好，換上一雙涼鞋，準備跟我去海邊走走。

「學長，我跟小莉先出去一下喔！」

學長跟學姊的房門是關著的，而蒂嘉不在自己的房間裡，我想她應該是在學長他們房裡吧！

像平常一樣，輕輕地牽著小莉的手，往海邊的方向走去，一直走到了沙灘跟海水的交接處，我們才開口說話。

「霖，你……眞的喜歡我嗎？」

「呃？爲什麼突然這麼問？」

「我覺得，你好像一直都很被動，完全是我自己一廂情願的，不是嗎？你應該……喜歡的是別的女孩子吧！」

小莉也不管海水剛退潮，就坐在潮濕的沙灘上，穿著涼鞋的腳，踏在淺淺的海水中，任憑湛藍冰涼的海水拍打著雙腳。而我也跟著坐了下來，不知道該說些什麼才好，只能望著遠方大海與天空交接的地平線發呆。

「對不起。」這是我想了好久，唯一想得出來的一句話。

「不用說對不起，強求來的愛情本來就不會有好結果！我以前就是這樣。」

以前？小莉是說她朋友的那件事嗎？可是如果小莉眞的像她朋友所說的那樣，那我們有可能在這邊就順利說再見嗎？

「小莉……」

「吻我，好嗎？」

「呃？」

小莉摸了摸她的臉頰，看樣子她還是很在意她生日那天發生的事。

「我不希望到最後，我們還只能到這裡而已，就當做是給我一個回憶，好嗎？」

「妳是指……」

「給我一個深深的吻好嗎？我不要那種親吻臉頰，友誼式的吻。」

小莉說完後就低下頭，我們就這樣僵在那，我不知道該如何回應她。

「這個吻，就當是句點吧！回學校後，我們還是學長和學妹，我明天就回去。」

小莉聽起來就像是快哭出來了，我卻因爲她這句話，下了最後的決定。雖然比預期的要快了兩天，但既然小莉都主動提分手了，那我還能說些什麼呢？

於是我轉過頭去，慢慢抬起了小莉的下巴，懷著複雜的心情，給了小莉一個溫柔的吻。也許是因爲我把精神都花在這件事上吧！所以並沒有發現，蒂嘉在我吻住小莉的那一刹那，剛好走到我們的後頭。

53

「那個……哥哥叫我來找你們，說要吃晚餐了。」

蒂嘉的聲音，讓我跟小莉都嚇了一跳。當我轉過頭去時，看見蒂嘉的眼眶裡似乎氤氳著水氣，而且，她的長頭髮怎麼不見了？我現在看到的蒂嘉，雖然是一頭清爽短髮，但比平常多了一點可愛的模樣

「嗯，對不起，打擾到你們了。」

蒂嘉說完，轉身就往小木屋的方向跑去，而我也不知道是著了什麼魔，不管身旁錯愕的小莉，起身就跑去追蒂嘉了。

「蒂嘉！等等！」老天！我不知道原來她跑得那麼快，我幾乎用盡了全力追了快五百公尺才追到她……這景象好像在哪看到過？

「等我一下！」我好不容易追到蒂嘉，拉住了她的左手，結果她轉身就給了我一個耳光！

「啊……對、對不起……」

這一個耳光，讓我想起了先前所做的夢，那個短髮白T恤的女孩子，就是蒂嘉嗎？看著臉上掛著眼淚的蒂嘉，我想起了嘉欣所說的話。

「振霖，我已經死了，別再爲了我，而把你自己封閉起來了，我相信你會找到比我更好的女孩子，把心放開，好嗎？我不值得讓你這樣過一輩子，已經有個比我更好、更值得你去愛的女孩子在你身邊了，不是嗎？」

難道嘉欣指的那個女孩子就是蒂嘉？可是做這個夢時我還不認識蒂嘉呀！

「對不起，我反射動作就……痛不痛？」

蒂嘉緊張地看著我。我只搖了搖手說沒關係，因爲我的腦中現在眞的是一片混亂，今天一天發生的事情實在是太多了！

「眞的沒關係，妳不用擔心。」

邊跟蒂嘉講話，我邊整理著混亂的記憶，眞希望有人能告訴我到底發生了什麼事。我們兩個就這樣站在沙灘上不說話，直到學姊等不到人跑來找我們。

「你們在這裡做什麼，怎麼不回去吃飯？」

「嗯……沒事，我們回去吃飯吧！」

我回頭看了一下剛剛我跟小莉坐著的地方，但是沒看到小莉。

「學弟，你在找小莉喔？她已經先回去了啦！我就是看到她回去了，你們還沒回來，所以才出來找你們的。」

「喔……」

我跟蒂嘉兩個人也沒多講些什麼，就跟著學姊回去了。但是我的腦中還是不斷想著剛剛的事情，還有之前所做的夢。

一直到吃完飯，我、小莉還有蒂嘉，都沒說什麼話了。雖然學長學姊看得出來一定發生了什麼事，但也沒多問些什麼，吃完飯，蒂嘉就回房間，小莉則是在客廳看電視，而跑去洗澡的我，在洗到一半時，聽到學姊敲門的聲音。

「學弟，等一下洗完澡回你房間一下好嗎？學姊有事問你！」

「呃？什麼事？」

「反正你洗完澡回房間就是了！知道嗎？」

「喔！」

我應了學姊一聲，就以最快的速度洗完澡，因爲我也有事情想問學姊。

當我回到房間時，學姊正在陽台上看著晚上的海景。

「學姊，有什麼事要問我的嗎？」

「我問你，今天下午發生什麼事了？爲什麼你跟小莉出去，結果她先回來，然後我去找你們的時候，嘉嘉好像在哭，你們回來後又都一副怪怪的樣子，到底是怎麼了？」

「嗯……我下午在海邊……跟小莉提分手了……」

「分手了呀？嗯，其實以前我也跟你說過了，這樣也許比較好吧！」

我點點頭，繼續回答學姊的問題，「至於蒂嘉爲什麼哭，我就不知道了。」

我不敢把我吻小莉被蒂嘉看到的事對學姊說，我想，蒂嘉應該不會因爲我跟小莉接吻而哭吧！

「對了！學姊，蒂嘉怎麼突然把頭髮剪了？」

「我也不知道呀！她就說什麼太熱了，弄得她心情很不好，就要我幫她剪了呀！我跟你學長勸她勸了好久，誰知道你們今天在發什麼神經，一個一個都怪怪的。我跟你學長說不過她，就幫她剪了呀！」

我聽到這，又陷入了自己的思緒之中，陷入了那個有著短髮，穿著白T恤的女孩子的夢境裡，只是我千千萬萬沒想到，那個女孩子會是蒂嘉。

「好了！別想太多了！我怕明天還會有事呢！」

學姊拍了拍我的肩膀，明天還有事？不會吧！今天的事情還不夠多嗎？

「學姊，不會吧！明天還會有什麼事呀？」

學姊本來已經要走出我房間了，聽到我這麼問，又轉過身來笑著說，「這可是你那鐵口直斷的學長說的，他說看你們今天這樣子呀！明天肯定有事發生！你還是早點睡吧！這也是你學長講的！」

學姊笑了笑，走出了我房間，留下我一個人在房間，獨自跟內心的矛盾交戰，不知道爲什麼，我想起了CHIE，不知道CHIE現在，是不是也在想我呢？我趴在床上，聽著遠方傳來的海浪聲，漸漸沉入了夢鄉。

就算是一秒鐘也好，我想夢到CHIE，那個網路上的灰姑娘。

54

「我們見面好嗎?」
呃?CHIE 想見我?不會吧!她不是希望我們是永遠不見面的網路情人嗎?
「我想見你,眞的,好想見你。」
矇矓中,我只知道,夢中的電腦螢幕裡,這句話清楚映入我的眼中,而我也清楚地記在腦中。只是當我想打些什麼話來回應 CHIE 時,卻被叫醒了。
「霖,你醒醒……」
「呃?小莉,怎麼了嗎?」當我醒來時,小莉正蹲在我的床邊,雖然外面天色已經亮了,手錶上的時間還顯示著清晨五點半。「一大早的,妳那麼早來叫我,有事嗎?」
「我、我想先回北部了。」
「好不容易到墾丁,後天就要回去了不是嗎?爲什麼現在要趕著回去?」
「我……已經沒有玩的心情了……」
我坐起身,看著小莉的臉,「那妳要怎麼回去?」
「我、我不知道。」

「而且，妳一個女孩子自己回去不太安全吧！」

小莉低下了頭，但是放在床上的手卻緊緊的抓住了床單，我看到這種情形，不得不嘆了一口氣，「唉，我陪妳回去吧！」

原來，學姊說的有事是這件事啊！

「那你要怎麼跟學長他們說？」

「就說我身體不舒服，想回去了呀！不然呢？」

其實這樣回去也好，我想回去中壢的家，上網跟 CHIE 聊聊最近發生的事，也要好好地跟 CHIE 道歉。

「嗯！」

在吃過了早餐後，小莉跟我就對學長學姊說想回去了。而學姊跟蒂嘉沒多說些什麼，倒是學長的笑容好像是一切都跟他想的一樣似的。我跟小莉也不想讓學長他們白來，所以只請學長載我們去坐車，我跟小莉自己坐火車回中壢就好。

「回到中壢後，記得打通電話跟我們講一下！」

這是學長放我們下車後，講的最後一句話，等我跟小莉坐上了八點五十八分開往松山的自強號後，在中壢下車，已經是下午快兩點了。

「學、學長……那我先回宿舍了喔。」

小莉不叫我的名字，反而改口叫我學長了，我想，她應該已經想通了吧！

「嗯！自己小心一點喔！」

跟小莉道別，送她坐上公車後，我拖著疲累的身子回到住處，一切都跟一個多月前我離開時一樣，唯一不一樣的，就是我的房間被人整理過了，牆上的血跡已經被擦掉了，乾淨的房間看起來就像沒發生過一個月前的那件事一樣。

「難道……是小莉整理的嗎？」

懷著複雜的心情，我坐到了電腦桌前，才發現嘉欣的照片下壓著一封信。

學長：

我想，你看到這封信時，我應該已經改口叫你學長了吧！雖然不知道我這樣擅自進入你的住處幫你整理你會不會生氣，但是我還是做了。因為我實在不知道自己能為你做些什麼。

交往了一個多月，我發現你心還是關得緊緊的，我一直找不到方法去打開它，直到看到你桌上的照片時，我才明白，原來你的心裡已經住著一個人，再也沒有空間讓我立足了，不是嗎？

一個月後的墾丁之旅，我想應該無法玩得很盡興吧！因為我已經決定跟你說清楚了，我們這樣一直折磨著彼此也不是辦法，所以……還是恢復學長跟學妹的關係，對我們兩個來說，才是最好的吧！

最後，希望你能找到你的真愛，別再優柔寡斷下去了，這樣你可是會傷了不少女孩子的心呢！

看完這封簡短的信，我久久不能自己，對嘉欣，我想我這輩子是無法回應她所投注在我身上的愛了；對小莉，我也無法將對她的情感化爲男女間的情愛；那蒂嘉呢？那個小我三歲，但卻被戀愛傷害了好幾次的小女生，我能給她什麼？更不用說網路上的CHIE了，永遠只能隔著螢幕交談的情人，何來愛情之說？

現在嘉欣已經不在世上了，小莉也已經跟我講明了，剩下的兩個女孩子，一個是喜歡我的，我卻喜歡著CHIE。另一個是我喜歡的，但在現實生活中，她也已經有了心儀的對象，這一來一往之間，的確讓優柔寡斷的我痛苦不已。

「CHIE……不知道她知道後會講些什麼。」

快要崩潰的我，下意識地開了電腦的電源，等到撥接上線後，希望能夠在線上看到CHIE，現在我等的，就是CHIE的答案了……

一進站，就看到了紅底黃字「你有信件」的字樣在螢幕上方閃爍著，懷著期待的心情，我進入了郵件選單，至於期待什麼？當然是期待 CHIE 有寫信給我了。

55

寄信人：CHIE（只在上線時愛你）
標　題：怎麼突然不見了？
發信站：ＸＸＸ資訊站（Wed Jun 21 02:09:24 1999）
來　源：163.31.254.33

怎麼聊天聊到一半你就不見了？是斷線嗎？可是我等了好久都沒看到你再上來耶！還是你因為我說了那些話生氣了？如果是這樣的話，看到這封信後，回個信給我好嗎？我先去睡了唷！拜拜！

PS.我改暱稱和說明檔了唷，這次是為了你而改的喔！

這是那天我直接關機後 CHIE 寫給我的信，我看了後，也不管還有幾封信沒看，就直接到使用者清單查詢CHIE的ＩＤ，想看她的說明檔改成什麼樣子。

CHIE（只在上線時愛你）共上站一三一次，發表過八五四篇文章
上次在[Tue Jul 25 18:22:47 1999]從[163.31.245.53]到本站一遊。
信箱：[ ]，經驗值：[九三一]（中級站友）表現值：[九二]（優等生）生命力：[一一九]。
使用者目前不在線上

不相信戀愛的我，卻為了身在虛擬世界的你而動心，
為愛情苦惱的你，卻因為害怕受傷而緊閉你的心門，
誰會像我們一樣，在網上因為一個小小的錯誤相遇，
只為了一個堅持，讓我不知不覺中賴上了虛幻的你，
為什麼愛上了你，還要嘴硬違背自己想見你的心情，
你永遠不會知道，我絕不是單純的只在上線時愛你。

我的心又碎了一次。就因爲這短短的名片檔，我這才發現原來她跟我有著同樣複雜的

心情，但是想起在壑丁的情景，我的心又面臨了兩種選擇，一就是選擇喜歡我的蒂嘉，跟CHIE畫清界線。二就是選擇從未見過面或講過電話的CHIE，把蒂嘉當成妹妹就好。

「不爲誰……只爲你……」

我心痛地唸出CHIE說明檔裡的意思，也不知道該怎麼說，這小妮子還可以把要表達的意思用每行的第一個字寫出來，我就這麼喃喃地唸著這句話。

「不爲誰……只爲你……」我的眼淚從臉頰滾落，滴在了鍵盤上，我想止都止不住，而心就像有針在扎一樣，好痛好痛。

「呵！終於等到你了！」

呃？CHIE在線上？她什麼時候上來的？我趕緊抹去臉上的眼淚，一時間也忘了心痛的感覺，只想趕快回應CHIE！

「是呀，最近發生了一點事，不能上網……」

這是眞的，我沒說謊，我的手傷成那樣，我想打電腦也是心有餘而力不足。

「是喔！那事情解決了嗎？」

「嗯，我跟我學妹分手了……」

看到CHIE的訊息時，我就已經決定了，與其讓蒂嘉跟小莉一樣再被我傷害一次，我寧願選擇自己痛苦，在螢幕前面愛著CHIE……

「是喔，那麼巧，我也失戀了說。」

「妳是指？」

「我上次不是說我在現實生活中會想另一個人嗎？我現在不用想了。」

收到這個訊息後，我就收到 CHIE 找我聊天的訊息，我當然是毫不考慮的就按下了ENTER。

「我想的那個人已經有女朋友了，我還是別做別人的第三者比較好。」

「那……那妳可以專心愛我了嗎？」

雖然我知道自己這樣說有點不要臉，但是我因爲那個看不見的情敵已經自動消失而高興著。

「你看過我的名片檔了吧！」

「嗯！」

「其實之前我就在考慮是要選擇他，還是選擇你。但是昨天我對他才算是眞正的死心了吧！」

「那妳現在選擇的是？」

「你想知道嗎？」

「當然！」

我在打出這句話時，心裡已經開始在對蒂嘉說抱歉了。

「那……我們見面吧！」

「什麼？」

「我們見面好嗎？」

呃？CHIE 想見我？不會吧！她不是希望我們是永遠不見面的網路情人嗎？

「我想見你……真的，好想見你……」

CHIE 打出來的這句話，跟我早上夢見的一模一樣，我不是在做夢吧！

CHIE 願意跟我見面？那就是說，她選擇了我，我們不必一直只在線上談情說愛了？

「CHIE……妳……願意陪我去見我的女朋友嗎？」

再過幾天就是嘉欣的忌日了，我想，我應該讓嘉欣看一看 CHIE 的……

「你是說，你那個出車禍去世的女朋友嗎？」

「嗯……是的。」

「什麼時候？」

「三天後，好嗎？」

「嗯，沒問題！」

就這樣，三天後，我終於要跟 CHIE 見面了！我懷著緊張期待又興奮的心情，等待著三天後的來臨。

56

這天，我跟CHIE約在科學園區外圍的天主教墓園見面，我比約定的時間要早了一個小時先到那裡，整理好嘉欣的墓地，並把墓碑用清水擦過了一遍又一遍。墓碑上，嘉欣的照片看起來還是一樣清秀美麗，我的手指沿著照片上的輪廓來回地輕撫著，心中還是相當不捨，在墓碑前的平台，我放了一束白色的波斯菊，那是嘉欣生前最喜歡的花，就這樣看著看著，我竟然開始自言自語了起來。

「嘉欣，妳說的那個女生，是CHIE？還是蒂嘉呢？

「假如是蒂嘉的話，那我現在選擇了CHIE，會發生什麼事？

「嘉欣，妳會恨我嗎？

「才短短一年，我就變心了，感情是不是都這樣脆弱得經不起考驗呢？

「我想，不管妳說的女孩子是誰，我都會把對妳的感情轉移到她身上吧！

「嘉欣……對不起……對不起……」

我就這樣在嘉欣的墓前啜泣，我想，這是我最後一次爲嘉欣掉眼淚了吧。

「把眼淚擦一擦吧！」

一個女生的聲音從我身後傳來，而一隻白細的手拿著一條熨燙過的乾淨手帕，遞到了我眼前。

「謝謝……」

我接過手帕，在擦眼淚時，聞到了好聞的洗衣粉香味，還有太陽曬過的味道，一聞到這種味道，再看到嘉欣的照片，我的眼淚又開始不聽使喚地流了出來，直到手帕上吸滿了我的淚水。而身後的女孩一句話也沒說，只是安靜且溫柔地輕拍我的背。我想她應該就是CHIE了吧！這種時候是不會有別人來這邊的。

「好點了嗎？」

CHIE的聲音跟嘉欣還有蒂嘉一樣，讓人聽起來很舒服，我只點了點頭，沒有馬上抬頭看CHIE長什麼樣子，因爲我剛剛哭了那麼久，一定變得很醜！

「呵！你不敢把頭抬起來呀？」

「嗯！我剛哭完，不想嚇到妳！」

「嗯，那我先自我介紹好了！初次見面！你好！我就是CHIE！」

我聽了以後笑了出來，而 CHIE 則是很不以爲然的繼續說著，「我住新竹，十七歲，今年保甄考上中壢中央大學，學長請多指教！」

「呃？妳考上我們學校了？」

「呵！對呀！這見面禮不錯吧！你是除了我爸媽外，第一個知道的，連我哥哥都還不知道呢！」

「呃，恭喜妳……」

「你要一直背對著我到什麼時候呀？」

「再一下下就好，眞的……」

「你再這樣我就要走囉！」

我聽到她轉身要離開，心裡就慌了起來，於是急忙起身。我看到 CHIE 的背影，她穿著一件白色的洋裝，腳上穿著白色細帶涼鞋，短短的頭髮看起來很俏麗，身材更是沒話說！

以背影來說，她應該是那種男生夢寐以求的交往對象吧！可是在看過長相之前，誰都不能下定論。

「CHIE！等等！」我拉住了 CHIE 的手，也不管她長得如何了，我一開始不就是因爲喜歡她的內在，才跟她做網路情人的嗎？

「你願意走出網路，當我的情人了嗎？」CHIE 突如其來的一句話，讓我愣了一下。

「不願意的話，那我就走了，你也不必看我長什麼樣子了，我們就繼續回到網路上當網路情人好了！」

「我願意……」我小聲地講著，講這句話，時好像結婚在教堂宣誓一樣，感覺有點怪怪的。但這種怪怪的感覺，在 CHIE 轉過身來那一秒鐘完全消失了，而我們兩個也都嚇了一大跳！

「蒂嘉？」

「怎麼會是你？」

「蒂嘉……妳，妳就是 CHIE？」

我的腦中又開始一片混亂了，但是仔細想想，蒂嘉跟 CHIE 的確有很多地方是一樣的！

「可是……上次妳上ＢＢＳ不是用 CHIEF 嗎？」

「誰規定一個人只能有一個ＩＤ的？」

「呃……是這樣沒錯啦……那……」

糟糕，現在可尷尬了，我該講些什麼才好？

「呵，你臉紅了耶！」

蒂嘉笑了出來，但是我一想到我先前在網路上跟 CHIE 講過的一字一句都是講給蒂嘉聽的，我就開始不好意思了起來。

「對了！你剛剛答應過我的事，你可不能反悔喔！」

「呃？什麼事？」

蒂嘉給了我一個令人迷醉的笑容，「就是走出網路，當我現實生活中的情人呀！」

蒂嘉的笑，就像七月底的陽光一樣燦爛，而和蒂嘉相互輝映的，是嘉欣的笑容。這一天，蒂嘉為我跟嘉欣的戀情畫下了句點，而嘉欣也為我跟蒂嘉的戀情，做了最完美的開頭及見證，是的，就像 CHIE 所講的一樣，我絕不是單純地只在上線時愛你。

CHIE，我想，我們的愛，應該會延續很久很久吧……

【全文完】

〔後記〕

最好的十年

十年……

說長不長，說短不短，但這麼一眨眼，不知不覺已過了十多年。

那天晚上，當我被工作及壓力折磨得不成人形時，接到了編輯打來的電話，我接起電話，聽到編輯說出她的名字時，老實說，我愣了一下，然後在我那半失常的腦袋裡尋找著這名字跟我的關聯性，以及對方找我的理由時，我才想起這是我責任編輯的名字，同時疑惑她為什麼會在這時候打電話給一個許久沒有產量，早已被讀者遺忘的寫手。

只在上線時愛你？好熟悉的七個字……改版？這兩個字更是讓我驚訝，老實說以銷量及時間來說，我早就放棄了改版的念頭了，沒想到事隔十多年，會在這種狀況下聽到這個我作夢也想不到的兩個字。

當編輯詢問我是否能寫篇新的後記，我是二話不說地答應了，既然都已經過了那麼久，總不能還把十多年前的童言童語拿出來給大家看吧，不過小說的內容倒還是十多年前的童言童語就是了……（汗）

這十多年來，在我身上發生了許多事，當然精神層面也相對的改變了許多，寫後記前

〔後記〕

的這幾天，我還把之前寫的作品翻出來看了一次，不禁失笑，彷彿看到了十多年前天真無知，覺得一切都很美好的自己，也覺得現在這個十多年後的自己很可悲。但是，就算想回去，也已經是不可能的了，只能強打起精神，繼續往前走了吧。

活到這歲數，還是覺得，果然很多事還是得趁年輕時做啊，不管是戀愛還是友情，有很多關鍵點是在某些特定時段才會發生的，就像很多遊戲裡一些特定事件只會在那個時間點才會發生，錯過的話直到破關破卡都不會再遇到了。在這我也很慶幸能在年輕時瘋狂的愛過人或被人愛過，現在要我跟以前一樣這麼義無反顧，我想很難了吧。

時空轉換，十年前十年後，今天要是在網路上，你們遇到蒂嘉，說不定會覺得她是神經病或是詐騙集團吧，而振霖，應該會被當成笨蛋或是白痴才對（大笑），誰會知道十年前這是個很令人嚮往的愛情故事呢？

所以，我也很慶幸，能在年輕時遇見一群肯陪我一起瘋狂的好朋友們，若不是他們，我不會擁有這麼多美好的回憶，也沒辦法再次體會那段年少輕狂的快樂時光，這是十多年前的我完全想像不到的狀況……只能在這默默的感謝陪伴著我成長的朋友，以及傷害過我或被我傷害過的舊情人們，沒有你們，就沒有以前或今天的Yuniko，謝謝。

看到這，也許你是第一次接觸到Yuniko的人，希望你會喜歡我的風格與作品。如果你是之前喜歡過我的作品而拿起這本書來翻閱的人，很高興你們還記得有Yuniko這個人，也很感動你們還喜歡我的作品，希望在不久的將來，會是以新作品來與大家交流，而不是用改版的後記來與讀者們接觸。

謝謝你們長久以來的支持與鼓勵，謝謝你們。

Yuniko 于風城新竹 二〇一一年十二月十九日

國家圖書館出版品預行編目資料

只在上線時愛你 / Yuniko著. -- 初版. -- 臺北市；
商周，城邦文化出版；家庭傳媒城邦分公司發行，
民90
面　；　公分. --（網路小說；3）

ISBN 957-667-799-8（平裝）

857.7　　　　　　　　　　　　89018616

只在上線時愛你

作　　　者／Yuniko
企畫選書人／楊如玉
責 任 編 輯／陳思帆

版　　　權／翁靜如
行 銷 業 務／朱書霈、蘇魯屏
總　編　輯／楊如玉
總　經　理／彭之琬
發　行　人／何飛鵬
法 律 顧 問／台英國際商務法律事務所　羅明通律師
出　　　版／商周出版
台北市中山區民生東路二段 141 號 9 樓
電話：(02) 2500-7008　傳眞：(02) 2500-7759
blog：http://bwp25007008.pixnet.net/blog
email：bwp.service@cite.com.tw
發　　　行／英屬蓋曼群島商家庭傳媒股份有限公司城邦分公司
聯絡地址：台北市中山區民生東路二段 141 號 11 樓
書虫客服服務專線：(02) 25007718・(02) 25007719
24小時傳眞服務：(02) 25001990・(02) 25001991
服務時間：週一至週五09:30-12:00・13:30-17:00
郵撥帳號：19863813　戶名：書虫股份有限公司
讀者服務信箱 email：service@readingclub.com.tw
城邦讀書花園網址：www.cite.com.tw
香港發行所／城邦（香港）出版集團有限公司
地址：香港灣仔駱克道 193 號東超商業中心 1 樓
email：hkcite@biznetvigator.com
電話：(852)25086231　傳眞：(852) 25789337
馬新發行所／城邦（馬新）出版集團 Cité(M)Sdn. Bhd.(458372U)
11, Jalan 30D/146, Desa Tasik, Sungai Besi,
57000 Kuala Lumpur, Malaysia.
電話：(603)90563833　　傳眞：(603) 90562833

版 型 設 計／小題大作
封 面 插 圖／粉橘鮭魚
封 面 設 計／山今伴頁
電 腦 排 版／浩瀚電腦排版股份有限公司
印　　　刷／高典印刷有限公司
總　經　銷／聯合發行股份有限公司
電話：(02)2917-8022　傳眞：(02)2915-6275

■ 2012 年（民 101）1月5日二版一刷　　　　Printed in Taiwan

定價 / 180 元

ISBN　957-667-799-8

商周出版

廣　告　回　函
北區郵政管理登記證
台北廣字第000791號
郵資已付，免貼郵票

104台北市民生東路二段 141 號 2 樓

英屬蓋曼群島商家庭傳媒股份有限公司　城邦分公司

請沿虛線對摺，謝謝！

商周出版

書號: BX4003X	**書名**: 只在上線時愛你	**編碼**:

請於此處用膠水黏貼

商周出版

讀者回函卡

謝謝您購買我們出版的書籍！請費心填寫此回函卡，我們將不定期寄上城邦集團最新的出版訊息。

姓名：________________________ 性別：□男 □女

生日：西元__________年__________月__________日

地址：________________________

聯絡電話：________________ 傳真：________________

E-mail：________________________

學歷：□1.小學 □2.國中 □3.高中 □4.大專 □5.研究所以上

職業：□1.學生 □2.軍公教 □3.服務 □4.金融 □5.製造 □6.資訊

□7.傳播 □8.自由業 □9.農漁牧 □10.家管 □11.退休

□12.其他 ________________________

您從何種方式得知本書消息？

□1.書店 □2.網路 □3.報紙 □4.雜誌 □5.廣播 □6.電視

□7.親友推薦 □8.其他________________________

您通常以何種方式購書？

□1.書店 □2.網路 □3.傳真訂購 □4.郵局劃撥 □5.其他________

您喜歡閱讀哪些類別的書籍？

□1.財經商業 □2.自然科學 □3.歷史 □4.法律 □5.文學

□6.休閒旅遊 □7.小說 □8.人物傳記 □9.生活、勵志 □10.其他

對我們的建議：________________________

____

____

____

____

請於此處用膠水黏貼